Os deuses nas coisas

Os deuses nas coisas

Gustavo Castro

MOINHOS

Edição:
Camila Araujo & Nathan Matos

Assistente Editorial:
Sérgio Ricardo

Revisão:
LiteraturaBr Editorial
Vanessa Moraes

Diagramação e Projeto Gráfico:
LiteraturaBr Editorial

Capa:
Editora Moinhos

1ª edição, Belo Horizonte, 2018.

Nesta edição, respeitou-se o novo Acordo Ortográfico da Língua Portuguesa.

Dados Internacionais de Catalogação na Publicação (CIP) de acordo com ISBD

C355d
Castro, Gustavo
Os deuses nas coisas/Gustavo Castro. — Belo Horizonte, MG : Moinhos, 2018.
124 p.
ISBN: 978-85-92579-93-7
1. Literatura brasileira. 2. Novela. 3. Deuses. 4. Calvino. 5. Manuscrito. I. Título.

2018-1534

CDD 869.89923
CDU 821.134.3(81)-31

Elaborado por Vagner Rodolfo da Silva - CRB-8/9410

Índice para catálogo sistemático:
1. Literatura brasileira : Novela 869.89923
2. Literatura brasileira : Novela 821.134.3(81)-31

editoramoinhos.com.br
contato@editoramoinhos.com.br

Tudo está pleno de deuses.
Pausânias

Um velho e uma criança conversam. O velho diz:
Dou-te uma moeda se me disseres onde mora Deus!...
E a criança responde:
Dou-te duas moedas se me disseres onde ele não mora.
Provérbio Indu

1.

No dia em que me pegaram levando um crânio das catacumbas de Paris aprendi que ninguém está livre de cometer pequenas atrocidades. Também aprendi como é difícil combater a solidão em um lugar onde sequer é permitido a companhia dos fantasmas. Em 1902, Rainer Maria Rilke disse que Paris é uma cidade que está à beira da tristeza absoluta. Devo concordar com ele. De lá para cá, o tempo passou, a cidade cresceu, mas a tristeza não diminuiu. Dizem que aqui é onde o diabo vem se divertir quando não está trabalhando. Eu acredito. Não é por acaso que a França se orgulha do espírito da liberdade. Quem é mais livre neste mundo do que o diabo?

2.

"Paris, sua vagabunda ingrata!" costumava dizer minha mãe, *mademoiselle* Terralba Quasimodo. Tudo o que aprendi sobre cidades, mulheres e gestos a executar quando se está com fome, devo à minha mãe. Seu primeiro nome era Terralba, depois, quando foi presa, descobri que possuía também documentos como Thérèse Mion, Analba Laleque, Gertrude Vein e Sthéphane Daomé. Temendo pelo meu destino, enviaram-me a meu pai brasileiro, boêmio e jogador, chamado Violeto de Castro, que morava em São Paulo. Ele também não quis saber de mim e, não lembro como, fui parar em Natal, em um orfanato no Nordeste do Brasil. Não sei se foi a melhor decisão. Lá, aprendi outra grande quantidade de atrocidades e novas lições sobre mulheres, cidades e gestos adequados a executar quando se está com fome e desesperado. Passado algum tempo, fugi do orfanato e voltei para a França, onde é o meu lugar.

Mesmo rejeitado por pai e mãe, compungido por biografia torta, foi aqui que me deram algum valor, consegui trabalho e um apartamento decente para morar. O problema da minha relação com os espaços, os lugares e as cidades é sempre de cunho emocional. Qualquer pessoa sensível que venha a Paris aprende rapidamente a conviver com a sujeira do metrô, os vendedores ambulantes e os ratos dos bulevares, mas também com a diversidade, sobretudo, a variedade de tristezas, solidões, medos e crueldades que a cidade oferece. Aqui é a cidade das coleções de sentimentos obscenos, afetos caóticos e diferentes modelos de silêncios, melancolias e fracassos. Caminhando por estas mesmas ruas séculos atrás, Victor Hugo confessou: "O inferno está inteiro em minha solidão". Sei exatamente o que ele sentiu ao dizer isto. Era a fulminante sensação de ser fantasma em sua própria cidade.

3.

Mas é o que sou em Paris: fantasma. Um fantasma em meio a outros fantasmas; alguém que teve a sorte de conseguir trabalho estável, e isto, nesta cidade, não é pouca coisa. A Europa está em crise, e a França vive a supremacia do medo. Quando fui enxotado das catacumbas pelos seguranças, um deles falou: "Roubar crânios mostra bem o que você tem na cabeça!". Gostei imediatamente da frase. Pensei em anotar, pois jamais devemos deixar passar uma boa frase sem registrá-la. Falei aos guardas que não era ladrão, nem pertencia a uma das dezesseis seitas satânicas da cidade; queria apenas suplantar minha solidão com a presença de um rosto de osso; seria, em todo caso, uma presença silenciosa, registro do valor da vida; além do mais, a cabeça teria tratamento adequado em meu apartamento, pois ele possuía um bom sistema de aquecimento, sem risco de mofo. O osso seria regularmente limpo, receberia incensos, velas, cigarros e rum cubano.

Meus argumentos não surtiram efeito algum. Fui enxotado para fora pelos guardas, chamado de cínico, mentiroso e aprendiz de feiticeiro. Voltei para o meu apartamento com a lição de que ninguém está a salvo de sofrer atrocidades, e que a solidão, na França, é uma política de Estado. Aqui em Paris moro no quinto andar, no número 69 do bulevar de Magenta, bem no cruzamento com o bulevar Strasbourg. Trata-se de um apartamento de dois cômodos, por sinal, bastante antigo e confortável, com vista para a igreja de São Lourêncio, do século XIV. Vejo a imagem de São Lourêncio da janela do apartamento. Ele segura uma grelha de assar carne. A grelha simboliza a maneira como foi executado: o santo foi assado vivo pelos sarracenos. Dentro da igreja há a imagem de outro santo, São Denis, o padroeiro do país, segurando a própria cabeça decepada. A arte do corte de cabeças faz parte da cultura nacional.

4

Há qualquer coisa de mórbido em tudo isso. O lugar onde moro, no bulevar de Magenta, fica justo no cruzamento com o bulevar Strasbourg, a um passo da Gare de L'Est e da Gare du Nord. Meu amigo utopista, Uberto Stronzo, que trabalha na *Préfecture de Paris,* no setor de adestramento de aves de rapina, me contou que a Gare de L'Est e a Gare du Nord formam juntas o maior entroncamento ferroviário da Europa. O pior mesmo, diz ele, é saber que este lugar concentra o maior campo magnético de tristeza da França: "De lá saíram tropas para três guerras: 1870, 1914 e 1939. De lá, quinhentas mil crianças foram deportadas para campos de concentração nazistas. Não se pode viver impunemente em um lugar assim!". Lembro da frase de Uberto, olho o cruzamento da minha janela e sinto ainda mais tristeza e solidão. O trato com as aves de rapina deixou Stronzo convicto sobre a qualidade dos seres humanos.

Ele também costuma dizer: "O homem mais triste que já existiu viveu parte de sua vida aqui em Paris. Chamava-se Emil Cioran, era romeno, de Sibil, a mesma cidade do conde Drácula. Cioran tinha um apartamento na rue Odéon e está enterrado em Montparnasse. É o que digo: Paris não é para qualquer um. É uma cidade feita apenas para tristes profissionais". Fico a pensar nos melancólicos e desesperados de todo o mundo, eles vêm aqui em busca de beleza, percorrem a Romaria do Louvre, com seus trinta e cinco quilômetros de corredores. Só isto justifica a existência de tantos japoneses, chineses, espanhóis, americanos, indianos e brasileiros que lotam as calçadas, praças, ruas, pontes e bulevares, como se aqui fosse o lugar ideal para a peregrinação dos tristes.

Foi justo aqui, no cruzamento dos bulevares Magenta e Strasbourg, que montei uma pequena base de observação e investigação literária. São cinquenta metros quadrados de dossiês, pastas, relatórios, fotografias, arquivos e gráficos com prescrições de cronogramas afixados nas paredes, estantes plenas de papéis com atividades a realizar, números de telefones, contatos de livreiros e livrarias, antiquários, editoras, *managers*, fornecedores, distribuidores, gráficas, enfim, tudo aquilo que preciso para realizar o meu trabalho. Fui contratado pelo *Centre des Recherches Interdisciplinaires sur les Théologies Insolites*, o *CRITI*, filiado ao *Instituto França de Bibliotecas Fantásticas*, o *IFBF*, com sede na rue Gay Lussac. O *IFBF* selecionou meu currículo na esperança de que eu estruturasse um dossiê confiável sobre o escritor Italo Calvino (1923-1985), que viveu em Paris entre 1967 e 1984. Esperam que eu encontre os manuscritos perdidos do *Gli déi negli oggetti* (Os deuses nos objetos), escrito por ele durante vinte anos.

5.

Apesar dos meus esforços, não está sendo fácil encontrar informações sobre Italo Calvino em Paris e o seu manuscrito perdido. Para realizar esta pesquisa, o *CRITI* e o *IFBF* colocaram à minha disposição duas assistentes lindas e charmosas, Alix d'Aubagne, fotógrafa, formada em literatura Italiana em Rennes, e Paloma Baiou, que todos chamam de Paloma "pieds de biche", ou, em português claro, Paloma pé-de-cabra, que é arquivologista, com mestrado sobre os submundos de Paris. Gosto bastante de trabalhar com as duas. O ambiente não fica monótono. O *IFBF* paga o salário das duas e ainda fornece verba de custeio à gasolina, livros, viagens, reproduções de documentos, escutas telefônicas, falsificação de objetos de arte, compras e receptação de obras raras. Eles são bastante eficientes.

O *Institut France des Bibliothèques Fantastique* (*IFBF*) financia tudo isso para que seus trinta associados (estudiosos, mecenas e negociantes de obras apócrifas) possam desfrutar de raridades, sejam enciclopédias, dicionários, compêndios, cartas, mapas, manuscritos, datiloscritos, desenhos, às vezes, até rabiscos, ligados às coleções que pertenceram, por sua vez, a escritores de todo o mundo. Somos quatro diretores de pesquisa, todos coordenados por Madame Franziska Aumale, uma mulher alta, magra, elegante e atroz. Além de mim, os outros diretores de pesquisa são: Zilda de Valois, doutoranda, teóloga da *Fondation Velours & Taquet-Rue*; Pierre-René Rigolot, colecionador de livros apócrifos, escreveu *O Livro Negro da Censura* e, por fim, o professor angolano Genovevo Murmurin, filósofo e engenheiro, o mais experiente de todos nós, que é boêmio, alquimista e mentiroso.

Nos reunimos às quartas-feiras de manhã em torno da grande mesa oval do *IFBF*, cada qual com seu cronograma de trabalho e relatórios parciais, que são apresentados ou não a depender do humor de madame Aumale. Ela supervisiona tudo como cão farejador. O ritual é sempre o mesmo: após escutar atentamente cada um de nós sobre as atividades da semana, ela acende seu cigarro, dá uma longa baforada e balbucia, lacônica: *D'accord.* Em seguida, abre o seu caderninho e começa a tomar notas de algo que nunca chegamos a saber o que é. Enquanto anota, ri sozinha, sem motivo aparente, soltando, ao final de tudo, um longo suspiro desaprovador. Balança a cabeça negativamente, censurando algo que também não ficamos sabendo o que é.

Professor Genovevo Murmurin nos disse que ela ficou estranha após ser educada pela avó, a viscondessa de Verdun, de quem havia herdado dois castelos, um vinhedo, joias, obras de arte, um brasão de família, contas na Suíça e uma biblioteca de valor inestimável. O testamento da viscondessa de Verdun exigia que a herdeira ampliasse o acervo de obras "Formadas unicamente por livros raros, secretos, perdidos ou roubados, comprados ou não no mercado negro de Paris, da França ou do estrangeiro". Murmurin explicou também que os castelos abrigavam tipos diferentes de coleções. No *Chateau Afrodite*, ficavam as obras literárias e, no outro, no *Chateau Hermès*, os acervos de chocalhos de vacas, jogos de toalha, abridores, rolhas e tampas de garrafa, apitos de futebol, tíquetes de metrô, sapatos com pares trocados, invólucro de papel higiênico, distintivos policiais, autorizações para deslocamentos durantes a Segunda Guerra, rãs embalsamadas e uma infinidade de outras coleções.

Havia também, sem saber exatamente em qual dos castelos, fotos de decapitações, documentos, cartas ou manifestos que despertaram conspirações territoriais escravagistas, políticas ou religiosas; cartas incentivando revoltas, motins, butins, revoluções locais, nacionais e continentais, ela ainda tinha um conjunto de malas jogadas no Sena com cadáveres; pedaços de paredes, tijolos ou alambrados onde pessoas foram fuziladas; taças utilizadas para envenenamentos; anjos de cemitérios; réplicas de tapetes dedicado ao Apocalipse; utensílios utilizados para feitiços e máquinas de escrever que datilografaram cartas de enforcados.

6.

Observo atentamente madame Aumale agora anotando em seu caderninho algo que não poderemos saber. Seu universo de estranhezas e interesses vai além da minha imaginação. É uma mulher com contatos institucionais na França e no estrangeiro. O *Centre des Recherches Interdisciplinaires sur les Théologies Insolites* (CRITI) movimenta o Quartier Latin com absurdos patafísicos. Apesar da idade, Aumale não falava em se aposentar. Frequentava todos os dias o *Centre Pompidou* e fazia ali algum tipo de oração com as mãos erguidas para um quadro qualquer. O *Centre Pompidou* se tornara sua Capela Sistina.

Professor Murmurin sempre mudava a feição do rosto quando falava de Aumale. Segundo ele, a neta de viscondessa de Verdun escrevia e reescrevia há muitos anos um manifesto artístico, algo sucinto, que deveria conter toda a sua convicção poética. Este manifesto pretendia confundir o mundo da arte de Paris para, em seguida, se tornar tendência e, por fim, virar movimento artístico. Era uma trama complicada. Eu não entendia muito bem a "Ideia irreal de movimento real", de que falava Murmurin. Mas Madame Aumale parecia saber das coisas, já que era atormentada regularmente pela ideia de infinito, inacabamento, inconclusão e invisibilidade. Tais coisas a motivaram na criação do *Centre des Théologies Insolites*. Seu interesse por livros, coleções antigas, colecionadores, escritores e bibliotecas parecia não ter fim.

Enquanto escrevia em seu caderninho, Aumale fumava um cigarro atrás do outro. Em seguida, detinha-se, já não escrevia, levantava a cabeça, agora abaixava novamente e ficava olhando o celular. Começava a digitar algo. Em poucos segundos, o sinal eletrônico de nossos dispositivos vibrava; ela acabara de enviar uma mensagem de texto. Sacávamos os nossos aparelhos e líamos simultaneamente a mensagem, que trazia instruções objetivas: “Vocês devem parar de embromação e comprar logo esses manuscritos!!!” Nos entreolhávamos. A mensagem servia para todos. Guardávamos nossos dispositivos e voltávamos a ficar quietos. Sabíamos que a reunião ainda não havia chegado ao fim. Agora era a hora reservada para a leitura silenciosa. Cada um de nós deveria mergulhar em seu livro particular. Madame Aumale havia averbado em uma cláusula de nosso contrato a seguinte exigência: “Os diretores de pesquisa devem se ocupar da leitura presencial de narrativas fantásticas”. Era coisa do contrato legal. Ficávamos ali acuados por averbação a ler, tratados como crianças malcriadas; mas, entendo, nem sempre conseguimos gostar de verdura, isto é, nem sempre nos concentramos, como agora. Devo confessar que, enquanto tinha os olhos no *Cosmicômicas*, de Italo Calvino, estava com a cabeça nas nuvens. Na maioria das vezes, pensava em minha mãe, Quasimodo. O que ela acharia de seu filho agora? “Estúpido”, talvez dissesse, “Vejo que você se ocupa de estar na companhia de idiotas!” — Mas mãe, por favor, é o meu trabalho... A senhora sabe que não está fácil conseguir emprego nesta cidade...

Acho que agora entendo essa obrigatoriedade contratual. Madame Aumale buscou uma maneira eficaz de nos fazer fugir da realidade, da solidão e da tristeza visceral de Paris, pela leitura presencial. “Paris, sua vagabunda ingrata!”, dizia mamãe. Achava engraçado e estranho aquilo. Às vezes acontecia, como agora, de olhar as coisas, o texto, um livro de Calvino, o cinzeiro, e conjecturar sobre minha mãe. Tento escrutinar as coisas, mas não compreendo nada.

Não sabemos o que madame Aumale lê, já que seus livros estão sempre envoltos pela mesma capa de couro amarelado, gasto de uso, no qual ela acomoda as edições. O couro está carcomido do manuseio. Suas mãos magras e longas agem como pinças ao virarem as páginas. Olho para o cinzeiro posto ao seu lado, onde ela deposita regularmente as cinzas do seu Marlboro. De tempos em tempos, outro cigarro. Fito as cinzas. Devo dizer que todos os cinzeiros me comovem e impressionam justamente por sua discrição e por sua inconfundível humildade.

Agora, na sala, todos começam a fumar. Não tarda a formar-se uma pequena névoa, ela adensa-se finamente, demarcando acima de nossas cabeças o silêncio dos falsos pensamentos. Já estou na contagem regressiva para o fim daquele ritual enfadonho regrado a contrato de leitura. Ele transcorre aveludado, às vezes pelos suspiros e mini resmungos. Nunca soube exatamente por que nos aborrecemos tão facilmente; seja lá com o que for: trabalhar, ler, estudar, viajar, morar junto... O ser humano é definitivamente um ser enfadonho.

Olho novamente o relógio. As horas não passam. Enquanto isso, recuso *As Cosmicômicas* de Calvino e distraio-me com os cinzeiros. Sou assaltado por uma ideia que me parece imediatamente assombrada, a de que Paris jamais seria a mesma se todos os cinzeiros da cidade desaparecessem. Nunca houve na terra um lugar com tantos cinzeiros sobre as mesas. Não só em todas as mesas do país, mas também nas esquinas, pátios, balcões, bilhares, totós, varandas envidraçadas, salas, restaurantes. Em toda parte, o cinzeiro é uma presença nacional, constante, insistente, com suas cores metálicas, às vezes ocres, falsos dourados, de plástico, de latão, de gesso, madeira, osso, em formatos circulares, ovalados, achatados, barrigudos, triangulares, cônicos, sempre prontos a acolher a enormidade de fumos e tabacos colhidos só-deus-sabe-onde; ervas que foram postas para secar, trituradas, moídas, para terminarem o seu ciclo justamente aqui, nas cinzas, depositadas no ventre deste objeto, diga-se, cheio de boa vontade.

O fumo termina o seu ciclo no colo do cinzeiro. Fico admirado que ainda não exista na França um monumento de rua ou um museu dedicado à boa vontade do cinzeiro. Claro, o monumento deveria se chamar "Le Cendrier". Tenho agora enorme afeição por estes dois cinzeiros que estão sobre a grande mesa oval em que nos reunimos no *IFBF*. Eles são pequeninos, losangulares, feitos de mármore, diria até, da mesma peça de mármore negro, já que as manchas presentes em um podem ser vistas no outro, nos traços diagonais, agora entendo, devem ser gêmeos, um orbitando a esfera do outro. Acompanham-se sobre a mesa oval desde há oitocentos anos, que é a idade da Sorbonne. Ou então são mais recentes, comprados em algum magazine, feira ou salão de Paris. Foram trazidos para cá; servem aos rituais do pensamento; às reuniões e às leituras. O mármore assumiu nas mãos do artista que os modelou a forma de um gesto, quase uma mão pronta a acolher as cinzas, na qual agora madame Aumale, professor Murmurin, Pierre-René e Zilda de Valois depositam os restos não aproveitados de suas baforadas.

Madame Aumale apaga o cigarro. Faz sempre da mesma forma: amassa-o achatando-o com força, dobrando-o, vergando sua pequenina coluna até que nada mais reste senão uma piúba desgraçada. Ela despedaça cada piúba com violência desproporcional e inesperada. É como se ela estivesse a retorcer a cabeça de uma galinha. Posso quase sentir o giro, a picada e a queimação ardida que toma conta do cinzeiro quando ela o apaga ali. Não é porque os cinzeiros são a última parada para os cigarros, que são pequenos e discretos, objetos-cemitérios de piúbas, e acolhem os últimos suspiros das chamas, que devo desconsiderar a importância deles. De tanto serem arrastados de cá para lá, os cinzeiros foram, aos poucos, desenhando diagramas, linhas exponenciais e logarítmicas, semi-circulares, paralelas e cruzadas, caóticas de tipo espiraladas. Vejo que a base negra do mármore também está carcomida, gasta pelos arranhões do arrasto na madeira.

Apesar de presença constante na França, ainda passam desapercebidos, não recebem devido crédito, parecem sem importância, embora, a meu ver, nos acompanhem em nossa solidão e tristeza. A importância do cinzeiro na França vai além de objeto-cemitério receptáculo de restos mortais de piúbas desajeitadas. São também pequenas covas; a base de onde se erguem incensos e essências de mirra, olíbano, bergamota, rosas brancas, cerejeiras, alfazemas oferecidos aos deuses, aos fantasmas, ofertados simplesmente ao vento, sem motivo algum, apenas para refrescar as narinas alheias e a própria. Alguns cinzeiros ganharam nomes pomposos como "Turíbulos" e esses suportavam nada menos que carvões acesos em brasa translúcida. São cinzeiros aéreos, que se balançam em cordinhas prateadas, agitados nas mãos de iniciados, sacerdotes ou pessoas serviçais que ofertam perfume ao culto; defumam nascimentos, batizados, casamentos, festas religiosas e enterros. São objetos de companhia, lembram o pó da morte, Fênix, ainda que não sejam tratados devidamente.

Talvez, entre os cinzeiros, os charutos e os cachimbos exista um fio oculto e necessário que os une secretamente, digamos, pomposamente, um fio cultural, de civilização, já que são os substitutos da terra. Antes era a terra que recebia a cinzas, os restos dos primeiros corpos. Nossos antepassados jogaram diretamente as cinzas sobre a terra. Os primeiros cigarros, charutos e cachimbos não puderam conhecer os cinzeiros, o que para mim só aumenta o valor deles. O momento em que o homem decide criar o cinzeiro é um movimento de consciência ecológica. Uma reação à indústria do alcatrão, ao menos um objeto de resistência e contenção ao imenso volume de tabaco depositado sobre a humanidade. Vê-los aqui sobre a mesa abandonados, com seus mini-fornilhos, como depósito das últimas chamas e dos vapores atmosféricos, coletores da ansiedade humana, às vezes até da inspiração, tudo isso me leva às lembranças do orfanato. Não sei exatamente que força oculta se faz presente por trás do abandono. São coisas que parecem convocar ao cigarro, à leitura, ao pensamento, à espera, ao café, à conversa fiada e à educação. Minha mãe costumava transformar xícaras, copos, taças e pires em cinzeiros. Eu reclamava. Ela dizia: "Não enche o saco, menino! Que merda cretina é esta de que cada coisa tem o seu lugar?!".

7.

Chega outra mensagem de texto em nossos celulares. É o aviso de que a reunião chegou ao fim. Infelizmente não havia me concentrado o bastante na leitura de Calvino, uma pena. Zilda, Pierre e o professor Murmurin foram os primeiros a se levantar da mesa. Me contenho um pouco. Estou a me despedir dos cinzeiros.

Arrumamos nossos papéis, o cheiro de alcatrão domina o ar. Seguimos em direção à porta. Murmurin decide permanecer um pouco mais, avisa que nos encontrará no *Le Reflet*, rue Champollion, para onde vamos em seguida cumprir nosso ritual alcóolico das quartas-feiras. Atravessamos o pátio da Sorbonne quando Zilda faz seu comentário da semana. Refere-se a Aumale: "Você viu a velha? Mudou. Agora tem um tique nervoso. Fica enfiando o lápis dentro do sapato e coçando". Não vi, respondo, essas coisas não me interessam.

Tal desinteresse para Zilda seria impossível. Enquanto eu estava atento aos cinzeiros, ela observava o lápis dentro do sapato da chefe. Zilda estava sempre à espreita, esperta, atenta ao detalhe. Havia um motivo para isto. Ela morava no número 55, rue de Mihra, nos arredores do bulevar Barbès, no 18º distrito. Seu quarto ficava no primeiro andar, era o A 13, e tinha uma grande janela de vidro voltada para a rua estreita e escura, repleta de comerciantes árabes.

Barbès era um local de Paris que não tinha visitação turística e isto era fácil de explicar: era o lugar da venda de drogas, da prostituição de rua, da máfia Córsega e Marselhesa, dos estrangeiros ilegais e do caos urbano. No número 55, ficava uma das muitas residências para estudantes da Sorbonne e, apesar de Zilda não ter problemas financeiros, preferia viver em um apartamento de vinte metros quadrados. Ela fazia doutorado no *Centre des Théologies Insolites* e sua orientadora era Aumale. Sua bolsa de estudos era paga pela *Fondation Velours & Taquet-Rue*, entidade africana com sede em Paris, que desenvolvia estudos sobre vodus. No fim da rue Mihra ficava o Square Leon, onde Zilda comprava skank e, às vezes, haxixe. Ela me contou que vendem também ali cigarros vindos da Tailândia, ninguém sabe como, nem mesmo se são verdadeiramente tailandeses. Nas margens do Square Leon ficava o bar do Sidi Rached, onde ela lia jornais de graça e tomava seu *cappuccino* todas as manhãs.

Zilda diz que o estudo das teologias insólitas permite divisar coisas inúteis, como a leitura de jornais diários. Impressiona-se com o fato dos parisienses continuarem a acreditar nas revistas. Barbès, diz ela, é o local ideal para ser respeitado pelo risco geográfico que você oferece à sociedade. Ali, a princípio, todos são suspeitos de contrabandos, movimento de mercadorias roubadas, participação em gangues, são aprendizes de batedores de carteira e punguistas, que se reúnem no Chateau D'Or ou nos bares das imediações para revender o que roubaram dos turistas ou de nativos descuidados. O bairro é cheio de pequenos comércios, kebabs, brechós, farmácias, utensílios para casa, armarinhos muçulmanos, salões de beleza, lojas de acessórios para telefones, casas de câmbio, bancas de verduras, frutas como bananas e uvas, legumes como berinjelas, batatas e beterrabas. Há também açougues e pontos de venda de peixes e crustáceos. Em alguns lugares se come o *couscous*.

Barbès é um pouco como Paris, diz meu amigo utopista Uberto Stronzo, ensina o ser humano a ser rato. Ajuda a entender os submundos, sejam os do metrô, das galerias entre as estações, das catacumbas e dos esgotos, que podem ser visitados por qualquer turista desejoso de saber como é a vida de uma ratazana. Inclusive, de acordo com cálculos feitos por Stronzo, o tempo gasto em deslocamentos por baixo da terra, sobretudo no metrô, faz com que, durante uma vida, o parisiense tenha vivido ¼ de sua existência embaixo da terra. "O parisiense é alguém acostumado a túneis cheirando a mijo, vagões metálicos, corredores frios, labirínticos e mal iluminados", conta ele.

Em Paris, estações se ligam a outras estações que ora sobem, ora descem à profundidade dos infernos, como é o caso da linha catorze, a mais funda da Europa, que chega a tocar regiões que nem mesmo a lama do rio Sena alcança. Stronzo diz que abaixo da linha catorze fica o fim do mundo. As pessoas em suas idas e vindas da boca das estações, escadarias, sobem e descem sem sentido algum até as plataformas, e destas aos vagões, e deles a outras estações, que se abrem, por sua vez, a novas conexões, com destinos que se bifurcam, conectados por novos túneis, escadas íngremes e em arco, ou elevadores que acessam outros destinos e direções, nem sempre claros e lineares. Stronzo diz que o metrô, as catacumbas e os esgotos de Paris ensinam aos seres humanos as habilidades dos ratos, embora nem todos estejam dispostos a aprender. Ele acha que a experiência das ratazanas deve ser levada a sério. Me contou que o rato jamais entra em um lugar sem saber como vai sair dele. "Saber o caminho da saída é mais importante". Descobri neste dia que, além de especialista em corvos e aves de rapina, Stronzo também se ocupava dos ratos. "São excelentes farejadores, persistentes em tudo, sensíveis, sabem lidar com o grotesco, a escuridão e a umidade". Dizia que Paris era a cidade do planeta com maior número de ratos. "Basta ficar à noite no bulevar Voltaire para ver. Há legiões de roedores, guabirus, catitas e ratazanas que medem trinta centímetros, com vinte centímetros de cauda. Ao nascer, começam a procriar logo depois de três meses, fazem isso de quatro a cinco vezes por ano, produzem, a cada gestação, quinze filhotes".

Stronzo acreditava que a única solução para o fim do crescimento populacional dos ratos em Paris era a exportação de gatos da cidade de Roma. "E se Paris sucumbir tomada por roedores? Roma está há séculos dominada por bichanos, gatunos, gatões e gatinhas. Se trazidos a Paris eles podem gozar de alguma felicidade gastronômica. Aqui tem carne da melhor qualidade, e, como se sabe, os ratos daqui comem os melhores queijos..."

No dia em que me pegaram levando o crânio das catacumbas da place Denfert-Rochereau, falhou-me justamente isto: o instinto dos ratos. Este instinto faz com que a gente saia ileso de qualquer situação e lugar. Stronzo e Zilda eram os meus amigos mais próximos. Ambos moravam em Barbès, tinham apreço por pequenas atrocidades e conheciam minha tragédia pessoal. É verdade que eram também pessimistas, com opiniões desprovidas de senso; para eles, em Paris, ou você cai nas mãos dos ciganos, do comércio árabe ou da máfia Córsega. "Se não você cai, inevitavelmente, nas mãos do capitalismo financeiro selvagem", dizia Stronzo. Ele prosseguia: "Paris virou uma selva. Selva porque o capitalismo selvagem tomou esta parte do planeta há décadas e, como se sabe, devora a todos. Assim, a habilidade do rato é necessária, porque ele sabe sair das situações, argumentava Stronzo, o rato sabe safar-se, por uma saída qualquer, dribla pedintes, músicos, apressados, lentos, os que arrastam cães, sacolas ou malas e os que se aborrecem a toda hora no metrô".

8.

Saímos da Sorbonne e fomos ao *Le Reflet*, na rue Champollion. Além de mim, Zilda e Pierre-René, chegou, depois de algum tempo, o professor Murmurin. Zilda telefonou para que Stronzo também viesse nos encontrar. Apesar de não trabalhar no *IFBF*, Uberto havia se tornado amigo de todos. Depois do primeiro gole de cerveja começamos a falar de madame Aumale. Eu sabia de sua carreira acadêmica de sucesso, que ela era membro honorária do conselho científico do *Observatoire du Livre et de Écrit en Île-de-France* e que, apesar de seus dois castelos, da direção do *Centre de Théologies Insolites* e do *Institut des Bibliotèques Fantastiques*, ainda planejava as bases de um movimento político-poético, que deveria chamar, pelo que entendi, de "Manifesto Transrealista". Para Murmurin, "ela era exemplo de mulher refinada, culta, bem relacionada". Perguntei de que se tratava esse "bem relacionada" e esse "manifesto" e o professor replicou que Aumale pretendia instaurar, em Paris, o Neo-Simbolismo e, a partir daí, pretendia exportá-lo mundo afora. "É um movimento que visa acabar com a realidade", explicou, "digo, acabar com qualquer modelo de realidade. O manifesto instaurará modelos criativos, possíveis, sonhados; além disso, não se trata de subverter a física do mundo exterior. Madame Aumale quer alterar somente a própria ideia de arte".

Olhei para o meu copo e vi que estava vazio. Ergui o dedo e pedi outra *Pelfort*. Agora balançava o tronco, que é como fico quando não sei se concordo ou discordo de algo. Stronzo havia chegado e já ouvia que o projeto Transrealista, de madame Aumale havia investido tempo e dinheiro em pesquisas sobre Fernando Pessoa. Parecia que ela havia perdido dinheiro neste projeto para algum livreiro. Não sei. Devo ter perdido alguma parte da conversa. Agora ouvia que o propósito de Aumale era "uma monarquia artística de esquerda", coisa que não imaginei como seria possível na França. Talvez fosse o efeito da cerveja, mas intuí que Stronzo não era o único utopista na mesa. Aumale e o professor Murmurin acalentavam a esperança real de subverter o mundo das artes. A diferença entre eles e o meu amigo Stronzo era a capacidade de investimento financeiro em seus sonhos. Quis saber quantas pessoas apoiavam este "movimento". Se os associados dos *Institut France des Bibliothèques Fantastiques* eram ou não a favor de tal investimento, e se era mesmo correto que Aumale cuidasse dos "negócios da arte" tendo em vista os "negócios da política".

Tínhamos uma chefe que negava a realidade, isto era algo arriscado, argumentei, dei a impressão de que éramos guiados por uma alucinada; podiam surgir boatos no Quartier Latin ou nos corredores da Sorbonne. Murmurin e Pierre-René tomaram a defesa da chefe, e mostraram que apoiavam suas ideias Neo-Simbolistas, apesar do nome, "a Transrealidade era real", sugeriu Pierre-René. Minha "ficha" não caiu. Continuava sem entender. Nem mesmo quando ele disse: "O *IFBF* instaurará o Neo-simbolismo em Paris!...". Ao ouvir isto, olhei para Stronzo e fui, inevitavelmente, transportado para a sabedoria das ratazanas, que sabem como sair das situações.

A frase de Pierre-René mostrou-me que deveria agora ficar calado e sóbrio. Nada de insinuar críticas metafísicas ou práticas, coisas da qual não saberia como me livrar depois. Mal eles acabaram de falar, todos se levantaram e foram fumar fora do *Le Reflet*. Fiquei sozinho na mesa. Não demorou para que a sensação da solidão e fracasso surgisse com vigor. Eram os vestígios do orfanato. Recordei novamente do argumento que usara com os guardas das catacumbas no dia em que me pegaram levando o crânio da caveira e justifiquei o desejo de ter alguma companhia. Eu não estava mentindo. Sinto-me isolado nesta mesa de bar; isolado das utopias dos outros. Minha língua comprida e a ausência de um crânio de caveira não me ajudam a ser ou a não ser, em nenhuma questão. Olhei os meus amigos pelos vidros da janela do *Le Reflet*; esperei para saber o que eles fariam com as cinzas e as piúbas, já que não haviam cinzeiros ali. Murmurin batia a ponta do cigarro com o dedo indicador e as cinzas se dispersavam pulverizadas no ar quente. No entanto, para minha surpresa, ele não jogava a piúba no chão. Havia tirado do casaco uma latinha amarelada e jogava a ponta ali dentro.

Isto me encheu de esperança. O que Murmurin fazia depois com isso? Teria várias latinhas? Seria coletor anônimo, colecionador? Depositaria as pontas da latinha em outra lata maior, um latão, ou simplesmente em um saco de lixo? Estaria guardando para montar uma instalação ou para o dia da revolta transrealista? Não imaginava porque alguém guardasse pontas de cigarro em uma lata de alumínio amarelado. O universo das piúbas e o dos ratos tem algo em comum comigo; somos todos seres abjetos; lambujens, desditos, restos, coisas entregues ao nada, ao desprezo e à destruição. "Meu filho, nós herdamos a peste, a fome e a carestia", costumava dizer *mademoiselle* Quasimodo. Depois que meus amigos voltaram à mesa do *Le Reflet*, quis saber mais sobre o movimento Transrealista e o Neo-simbolismo, o que isto significava. E se tinha relação com as "teologias insólitas". Murmurin e Pierre-René suspiraram, sorriram, não sei se pareciam relaxados e convictos por detrás daqueles ares de satisfação. Pierre-René mostrou seus dentes brancos e tortos. Esfregou as mãos como se fosse iniciar uma negociação e, em tom quase professoral, explanou: "Veja... é coisa audaciosa porque implica ao mesmo tempo ações poético-econômicas e político-imaginárias. Propõe fingir a realidade ao ponto deste fingimento abolir o real. Queremos reavivar a proposta arcaica de arte. Instaurar o infinito como única alternativa. Nosso projeto dentro do *Institut* em colaboração com outros centros de pesquisa é traçar *O Design de Deus*!".

— Hã?

— Sim, queremos o impossível!

E continuou: "Madame Franziska Aumale é respeitada no meio alquímico e oculto de Paris, é patrona da *Confraria Rei René* para livros antigos, criou editoras fantasmas, editou autores inexistentes, fez traduções de livros dos quais nunca se ouviu falar, sempre no anonimato. Ela atuou no mercado de livros clandestinos, censurados, proibidos e piratas. Já contratou *ghost writers* para terminar obras inacabadas; também possui vasta biblioteca, eu vi os seus livros, são volumes raros, alguns deles, dizem, feitos de pele humana".

— Hã?

9.

Devo dizer que neste momento o silêncio foi geral. Durou o tempo suficiente de imaginar o que é ler um livro escrito em pele humana. Uberto teve o bom gosto de sugerir que, provavelmente, seria o couro das costas. E começou a delirar: "Que história este pergaminho contará?". Achei que minha mãe se interessaria por ler este livro e ainda passaria as páginas molhando o dedo indicador com a língua.

O silêncio foi constrangedor e desconcertante. Murmurin tomou a palavra, quis aliviar, completou o horror com informações históricas. Contou que Aumale fazia o intercâmbio de obras entre sociedades artísticas, algumas formadas por milionários europeus, como a *Confraria Rei René*, sediada em Angers. Em Florença, haviam *Los Mexdicis*, formada por uma associação de mexicanos e belgas. Alguns com atuação no mercado 'cinza' da arte e, apesar do nome, *Los Mexdicis* era formado apenas por banqueiros ligados ao narcotráfico. Aumale também agenciava outra associação, com sede em Veneza, autodenominada de *Ils Caravaggistes*. Para estes grupos de milionários europeus, os livros das livrarias expostos nas vitrines eram uma ofensa. "O *best seller* é uma degeneração", disse Murmurin na mesa, "Concorda?". Foi a vez de Pierre-René completar: "O *Institut* gosta apenas de obras raras e difíceis. Obras fantásticas". Perguntei quando tudo isto havia começado e o professor relatou que foi no ano 1966, no *Grand Amphithéâtre de la Sorbonne*, numa palestra de Jorge Luis Borges, na qual Aumale, na época estudante, havia tido um surto poético-psicótico, um choque!, algo esgarçou, desbaratou dentro dela. Ela voltou a si com a decisão e a missão de estimular e favorecer pesquisas insólitas, o infinito e as bibliotecas fantásticas.

Passei a mão esquerda no rosto. Hirto, não pretendia demonstrar minha apreensão de ratazana. Dei-me conta de que não saberia como sair daquilo. Sentia que estava encurralado, cercado de gente estranha, anarquistas, utopistas, negociadores, falsários, quase uma associação mafiosa, formada por loucos de papel e livros. Estava perplexo com tudo o que ouvia. Mantinha, contudo, o semblante inalterado. "Conserta essa cara, menino... Aprende a fingir direito!", me dizia *mademoiselle*. Aos poucos, vou aprendendo as lições maternas. Elas são para a vida toda. Sei que não sou nenhum anjo. Não é lá muito normal sair de catacumbas levando um crânio de 1789. O que assistia no *Le Reflet* era o amor irrestrito pelos projetos de Aumale. Sentia que Pierre-René e Murmurin estavam agora tentando me cooptar mais e mais para a sua engrenagem. Era pegar ou largar. Creio que foi o que Stronzo também percebeu, já que de maneira habilidosa tomou a palavra e não parou mais de falar. Contou a história dos projetos utopistas em arte desde os gregos antigos. Enquanto ele falava, Zilda pediu a conta, dividimos as despesas, pagamos rápido e fomos embora. O desconforto gerado inicialmente não foi solucionado. Pierre-René e Murmurin seguiram juntos.

Com Zilda e Stronzo desci o bulevar Saint-Michel. Atravessamos as ilhas, passamos a rue Réaumur, o Marais e fomos beber em meu apartamento, no bulevar de Magenta. Stronzo não parava de falar. Para ele, o absurdo e a transrealidade já dominavam a capital francesa há bastante tempo. "Nenhuma novidade neste manifesto". Vagueava: deve ser isto o que Aumale quer mostrar. Gosto da ideia de manter o insólito, a inquietude e o infinito; expressar as coisas de maneira completamente distinta em sua tradução de estranheza, admiração, paixão e horror.

Comecei a ver Aumale com outros olhos. Talvez, até, a admirá-la. Percebia uma coceira surgindo, como se a admiração pudesse suprir a loucura geral que dominava todo aquele projeto. Esta admiração repentina por Aumale, sem que soubesse, estava me levando diretamente para o coração da utopia do *Institut Fantastiques*. Como Pierre-René e o professor Murmurin sabiam tanta coisa sobre ela, eu não fazia a mínima ideia. Zilda deitou no sofá da sala e, enquanto Stronzo falava e bebia, fiquei a farejar Aumale, seus castelos, sua biblioteca insólita, formada por obras raras, livros que deviam ocupar salões e andares inteiros. Ah, esses castelos, devem ter janelões para a ventilação e a claridade, onde se ouvem os ecos de fora, da floresta, dos pássaros, e também os ruídos vindos dos amplos apartamentos, talvez até, apinhados de gatos angorás e quadros que ninguém vê.

Stronzo continuava a falar. Bebeu ainda algumas cervejas. Depois que ele foi embora, fiquei observando o sono de Zilda. Sua presença muda preenchia minha solidão; deixava a tristeza amena, em banho-maria. Olhei para dentro de mim e vi que também possuía uma coleção de tramas e de tristezas nas quais ia me metendo sem saber sair. Virei o rosto para os papéis. A mesa estava abarrotada. Meu trabalho era então o de fornecer obras raras para confrarias sórdidas, sociedades secretas, institutos de fachada, redes de interesses, jogos e negociatas do livro, que deixariam qualquer um disperso e perdido em meio à complexidade artística que dominava o ambiente parisiense. A frase 'o inferno são os outros' vale, sobretudo, neste lugar. Aqui habitam vampiros, zumbis, súcubos e diabos vindos de todas as partes dos astrais inferiores, sobretudo dos esgotos, do metrô, das catacumbas e dos túneis de transição. Agora percebo que estes seres também saem dos museus, das bibliotecas, das curadorias e das universidades.

Paris é um bom lugar para quem quer listar o número de suas derrotas, pois elas se unem aos seres escrotos e aos infernos da cidade. Eles estão aqui em toda parte. Stronzo me contou que os trabalhadores dos esgotos de Paris elegeram um rato como mascote. Batizaram o bicho com o nome de "Realidade". Volto a olhar para dentro de mim. Nestes submundos também vivem alguns roedores. Também há baratas, aranhas, cobras e escorpiões.

10.

Naquela noite, dormi como uma pedra e acordei como uma flor desamparada. Não sabia se estava em São Paulo, Paris, Mogi-Mirim ou Natal. Foi estranho porque nunca estive em Mogi-Mirim. Zilda ainda dormia no sofá. Tomei banho, preparei café e chamei Zilda. Ela despertou descabelada. Falou que havia sonhado com o *Design de Deus*, certamente devido ao que Pierre-René havia dito no *Le Reflet*. "Era o modelo dos modelos... O design total, no meu sonho apareciam mil arco-íris..." Lembrei imediatamente que Calvino, o eremita de Paris, gostava da ideia do "modelo dos modelos". Chegou a escrever que preferia mantê-los em "estados fluidos". Esta lembrança do eremita foi suficiente para que pegasse o telefone e ligasse para as minhas assistentes, Alix D'Aubagne e Paloma Bouiu. Marquei uma reunião no *Le Coude Fou*, no Marais. Precisávamos trabalhar, checar informações, agir.

A mensagem de Aumale era clara: "Parar de embromação e comprar logo os manuscritos!" Nossa principal tarefa seria checar as informações do antigo jornaleiro de Saint Germain des Près. Outra pista apontava para um posto de gasolina em Roma. Tomei café da manhã com Zilda enquanto preparava a reunião. "Seu olhar está diferente", ela me disse. "Você pretende embarcar na proposta Transrealista?". Mantive-me quieto o mais que pude. Vendo o meu silêncio, Zilda não insistiu no assunto. Após lavar as xícaras e os pratos, ela vestiu seu casaco azul celeste e partiu. Arrumei-me e fui para o encontro.

Alix foi a primeira a chegar ao Le Coude Fou. Sorridente e expansiva, havia nascido em Marseille e vindo morar em Paris depois de surtar porque se achava muito feia. Tinha convulsões diante do espelho, o que fez seus pais consultarem especialistas em estética e psiquiatria. Eles recomendaram enviá-la com urgência à capital mundial dos cosméticos e tratamentos de beleza.

Alix não suportava falar de sua cidade natal: "Marseille só tem vento! Ah, é o mistral, você não faz ideia, ele é capaz de matar. As pessoas ficam enlouquecidas com aquilo..." Ao planejar sua mudança de Marseille, o pai de Alix havia comprado um apartamento na rue Vertbois, no Marais. Ela havia me contado que estava satisfeita com o lugar, era uma rua sem vento algum, mas, em compensação, com muitos fantasmas. Foi ali que em meados do século dezenove os funcionários da prefeitura encontraram uma menininha de quatro anos, morta em uma escadaria. A menina estava com laços no cabelo e um delicado vestido verde. Naquela época, os jornais da cidade costumavam publicar a seção: "Coisas para fazer no final de semana em Paris". A Prefeitura incentivava eventos públicos, convidando a população para ver na "Salle d'Exposition" do Necrotério amostras dos últimos cadáveres encontrados. O interesse científico e clínico do corpo humano fascinava os parisienses. A Prefeitura arrumava sobre as lajes de mármore frio, em duas fileiras, os defuntos frescos, exibidos um atrás do outro. A grande sala de exposição era dividida por janelas de vidro, com cortinas que se abriam quando o público chegava para ver o 'espetáculo'. O público era composto de homens, mulheres e crianças; vendedores de laranja e de doces de coco lotavam a calçada do lado de fora.

Foi em 1886 que o *Journal Illustré* exibiu a manchete: "Enfant de la rue Vertbois". No final de semana, os funcionários da Prefeitura levaram a menina para a exposição, arrumaram-na em uma cadeira de veludo carmim — o corpo ainda trajava o vestido verde —, abriam as cortinas e a exibiram. Foi um acontecimento. Apareceram no necrotério mais de cinquenta mil pessoas, gente vinda de todos os lados, dia após dia, para ver o cadáver ser atado e desatado à cadeira de veludo carmim, exposto e, no final da tarde, devolvido à geladeira. Ao término de alguns dias, começou a apodrecer, os médicos então acharam melhor enterrar a menina. No dia 03 de agosto de 1886, *Le Petit Journal* noticiou a "decepção do público" que não podia mais ver a criança de vestido verde em sua cadeirinha de veludo carmim.

11.

Agora foi a vez de Paloma Baiou chegar ao *Le Coude Fou*. Apesar do sobrenome "Baiou', todos só a chamavam de Paloma Pied-de-biche, "pé-de-cabra", talvez porque fosse uma mulher que sabia abrir portas. Ao chegar, pediu imediatamente perdão pelo atraso, explicou que estava revirando o lixo de um restaurante ali perto; buscava, obviamente, comida estragada; não que estivesse com fome, o caso era outro. Paloma militava em uma organização não-governamental anticapitalista que pretendia desmascarar a indústria mundial de alimentos. Esta organização sustentava que os alimentos 'ditos' estragados não matam ninguém, nem fazem mal ao corpo humano. Para esta organização, havia um complô internacional, cínico, que silenciava sobre a política dos prazos de validade. "Um absurdo: iogurte é algo que não estraga"; protestava: "Azedo não é podre; data de vencimento não significa alimento infectado, o gosto pode até mudar um pouco, mas o efeito no organismo não é o que dizem os discursos higienistas".

Paloma disse que estava lendo o livro *Histoire de la Merde* para entender melhor do assunto. Perguntei do que se tratava e ela explicou que o rei da França, Francisco 1, "aquele mesmo que diziam ter se apaixonado por Leonardo da Vinci, em 1536, baixou um decreto proibindo as pessoas de jogarem suas fezes pelas janelas, na rua". Imaginei que foi o começo da prisão de ventre francesa. Isto também explicava o mal humor e o enfezamento geral da nação. Era também a explicação provável para o alto índice de protestos que ocorrem neste país, todos os anos.

Pé-de-cabra exalava cheiro de queijo estragado. Não soubemos identificar se *brie*, *reblochon* ou *tomme de savoie*, o que sabemos é que ela se afundou nas cadeiras do *Cotovelo Louco*, pediu seu *whisky* e começou a filosofar sobre aquilo que acumulamos em nossa interioridade, segundo ela, uma tal "cidade íntima".

Eu não podia acreditar. Nem no orfanato havia escutado coisa igual. Ela prosseguia com suas teses anti-higienistas. Quando Paloma citou pela sétima vez "as fezes", eu respirei fundo... Tive que relaxar o corpo para ouvir que temos algo dentro de nós que se produz e se reproduz diariamente, em excesso, por todos, e é considerado o mais baixo. Tudo isso era, para ela, uma grande mentira inventada pelo capitalismo.

Paloma me perguntou sobre o papel da merda na cultura brasileira e preferi me esquivar, dizendo que, no Brasil, o tema era vastíssimo, consistente e sempre atual. Opinei que a França tinha mais tradição no assunto. "É um bom mito a se cultivar, esse da higiene", ironizou ela: "Faz parecer que o asséptico é normal e os outros não". Depois ela passou a dizer que a atividade íntima "de defecar" não deixava de ser uma atividade filosófica, o "pensar agachado", que se ligava a experiência da proximidade com o chão; o ser adubador; revirador de submundos, assunto em que, aliás, ela era especialista. Alix a observava com os olhos cheio de encanto e humor. Da minha parte, fiquei reflexivo e paralisado. Não fui capaz de dizer coisa alguma, apenas voltei a respirar fundo, com medo de que aquela conversa passasse a ter odor.

12.

Paloma pediu outro *whisky*. Alix preferiu nova rodada de café. Foi então que começamos propriamente nossa reunião. "Vamos recapitular", iniciei. Abrimos nossos cadernos de anotações e pastas eletrônicas, cada qual com seu arquivo pessoal. Perguntei se tínhamos a confirmação do jornaleiro de Saint Germain des Près, que havia sido a pessoa a encontrar os manuscritos de Calvino. Alix relatou que sim, que havia conseguido pessoalmente a confirmação. Foi a vez de Paloma: "Sobre o posto de gasolina em Roma que Calvino frequentava tive a confirmação de madame Galliazzo. Ele abastecia seu carro no mesmo local. Ela lembra de ter visto o escritor com os manuscritos na mão, tomando notas no posto de gasolina". Paloma foi enfática: "Acho que precisamos ir a Roma!". Alix se dispôs a comprar as passagens e agendar um hotel, se necessário. Paloma voltou a remexer os seus arquivos no computador. "Vamos recapitular", insisti. Em Paris, Italo Calvino vivia no Square de Chatillon, ao sul da cidade; ia aos encontros do grupo de literatura potencial; à casa de François Le Lyonnais; Raymond Queneau, ao Jardin des Plantes e à biblioteca Arsenal, a maior do mundo em número de livros de alquimia e de magia. Ele também era visto frequentemente na Place Dauphine, com a filha; no museu Carnavalet e quase todos os dias estava em Saint Germain des Près comprando jornais italianos, para isso pegava sempre as mesmas linhas do metrô: Porte d'Orleans ou Alésia, seguia até Saint Michel, na linha 4; depois voltava para casa no 14º distrito, e não saía mais dali, exceto para colocar o lixo para fora. Também ia com frequência ao aeroporto de Orly, tinha negócios em Turim, Milão, Roma e Siena. Sua esposa, Esther Singer, mais conhecida por Chichita, trabalhava nas Nações Unidas, por isso, às vezes, cabia a ele cuidar da casa e da filha pequena, Giovanna.

Leio em voz alta o trecho: "Quando estou em Paris, pode-se dizer que nunca me mexo deste escritório". Rememoro que investigamos o apartamento do escritor em Roma, na Piazza Campo Marzio, a casa de Castiglione della Pescaia, a antiga propriedade de San Remo, o período nova-iorquino e nada até agora. Os manuscritos d'*Os deuses nos objetos* devem estar em Paris ou em Roma. Estranho Calvino não ter voltado à banca de jornal para buscá-los. Talvez tivesse outra cópia; talvez o assunto não fosse importante. O que se sabe é que o jornaleiro repassou para um vendedor de manuscritos e raridades da *place* Saint Suplice que, por sua vez, desapareceu do mapa. "Tudo isto está turbado", desabafou Alix. A última coisa que sabemos desse jornaleiro é que havia se tornado "calvinista".

— Isto complica ainda mais as coisas, observou Paloma.

— O mais difícil, continuou Alix, é que, em Paris, Calvino realizava o sonho de ser invisível, de estar em meio à multidão observando a todos um a um e ao mesmo tempo desaparecendo completamente. Calvino pôs algo na cabeça: a condição do escritor deve ser próxima a do anonimato, só assim poderia desenvolver sua autoridade.

Intervi dizendo que entendia perfeitamente, mas precisávamos "parar de embromação e comprar logo os manuscritos". Tínhamos muitas histórias para contar, mas não tínhamos os papéis. Deveríamos primeiro encontrá-los. Alix pareceu não me dar atenção alguma. Insistia naquele ponto:

— O escritor não deve ter um rosto, deve ser apenas uma presença.

Pedi a Alix para que ela parasse de citar Calvino, mas acho que não adiantou, porque ela já havia sido abduzida por alguma atmosfera inexistente, distante e vazia. Para alguém como eu, que padece de solidão e da falta de amor próprio, aquela invisibilidade proposta por Calvino era um acinte e uma afronta. Como assim, se deixar convocar pelo anonimato? Dele já era sócio. Para que dar valor ao inexistente, questionava comigo, se já é o que somos? Alix pareceu ouvir os meus pensamentos porque disse em seguida:

— Os invisíveis são felizes porque aceitam a própria ausência de mundo.

13.

Alix piscou os olhos duas vezes. Olhou de lado, sacudiu os ombros e pareceu voltar de algum lugar, talvez de uma longínqua "cidade invisível". Parecia ter ido visitar as paisagens mentais do eremita. Depois, meio atônita, riu, juntou as mãos como se fosse fazer uma oração, mas não fez nada além de dizer que estava fascinada pela ideia de "virar calvinista". Não consegui entender o que estava se passando, apenas que Calvino se tornara vítima do excesso de visibilidade de nossa época. Paloma, em seguida, com um gesto simples, tocou a mesa com o indicador, dizendo que precisávamos voltar às questões práticas e objetivas. Foi a minha vez de juntar as mãos e pedir a gentileza de mantermos o foco nos manuscritos. Além de Roma, analisou Paloma, as pesquisas em Paris estavam sujeitas a problemas, pois precisávamos descobrir como o escritor havia descoberto os deuses nos objetos. Retruquei que isto não era ser prático, nem objetivo; não era problema nosso saber como as forças foram habitar os cinzeiros e os toilettes, tínhamos apenas que deixar de embromação e encontrar os papéis. Já não sabia quem estava iludido com a possibilidade de encontrar um livro perdido. Não tínhamos pista alguma. Estávamos perdidos. Quem era o mais utopista entre todos? Eu, Aumale, as assistentes, Pierre-René, professor Murmurim, Zilda ou Stronzo?

Todas aquelas ideias de manifestos, projetos, pesquisas e investimentos em coleções, não passavam de falsas justificativas, coisas fora do mundo. Onde estava a realidade palpável nisto tudo? Preferi não raciocinar resposta alguma, pedi licença e fui até o toilette. No caminho, voltei a mergulhar na velha solidão particular de quem vai ao banheiro executar um serviço. Quem corre o risco do mergulho na exploração íntima, deve considerar a deriva ao deixar-se seguir pela vontade de urinar. Às vezes, quando vou urinar, lembro de *mademoiselle* Quasimodo vindo em minha direção e me esbofeteando porque havia feito xixi nas calças. Vejo-a descendo a estreita escada em espiral de nosso pequeno apartamento. Era uma escada semelhante a esta que leva ao banheiro do *Le Coude Fou*. Neste túnel-banheiro-do-tempo, subterraneamente, vejo colado às paredes da lembrança uma dor antiga, com cheiro ocre. "É isto o que é Paris, uma gigantesca obra de consulta". Era a frase que Calvino, o eremita, preferia para definir Paris. Senti que a frase servia para mim naquele momento em que as lembranças trouxeram a mão de Quasimodo a meu rosto. Qualquer lugar, até mesmo a *toilette*, é uma coisa a ser consultada.

Sim, é isto o que é Paris: percursos dentro de nós mesmos, assim como este banheiro-túnel-do-tempo, perdido neste subterrâneo do Marais. Qualquer lugar de Paris será sempre uma enciclopédia; imensa obra de consulta. Quando saí do banheiro e retornei ao salão superior, olhei a rua pela janela. Pensei que tudo ali fora do *Le Coude Fou* (bulevares, calçadas, praças, esquinas, fontes, passagens, arcos, lojas comerciais) poderia ser verbete desta enciclopédia. Alguns lugares, como o *Louvre* ou o *Centre Pompidou*, não me pareciam simples volumes, mas tratados de geografia espiritual; não eram verbetes, mas coleções inteiras; enquanto outros, como a *Euro-Disney*, não chegavam a notinha de rodapé em periódico de segunda categoria. Paris era o triunfo do espírito de classificação e da nomenclatura. A vitória do espírito de exposição universal. Foi justamente este espírito de visibilidade o que dificultou que encontrássemos alguma pista dos manuscritos de Calvino. Neste instante, senti como se Paloma pé-de-cabra tivesse pressentido a minha solidão no *toilette* ou ouvido meus gritos de infância ao ser esbofeteado por mamãe, junto aos meus pedidos de socorro, pois, neste exato momento, puxou do bolso um pequeno papel azul celeste fosco com rabiscos de próprio punho que continha uma preciosa informação. Um livreiro da rue Jacob estava indo a Lille negociar manuscritos de um autor estrangeiro que havia vivido em Paris durante longa temporada.

Pensei que metade dos escritores mundiais haviam passado ou vivido em Paris longas temporadas. Podia não haver crédito naquilo. Minha intuição, contudo, herdada de *mademoiselle* Quasimodo, sinalizou: "Opa, tem coisa fina...". Interessei-me imediatamente pelo assunto. Paloma disse que o livreiro da rue Jacob estaria presente no *Salão* do Livro Antigo, que ocorreria no 7, Salle Le Gymnase, place Sebastopol, em Lille. Vi alguma agitação em Alix. Ela adorava agendar viagens e fazer transferências bancárias. Sinalizei e Alix começou a dar telefonemas. Em alguns minutos, ela comprou meu bilhete de trem, reservou um quarto no Hotel Mary Inn Monroe, fez transferências de dinheiro e viu a temperatura atmosférica no norte do país. Anotei as informações. Enviei à madame Aumale, via mensagem de texto, minha decisão de ir encontrar o livreiro da rue Jacob. Três minutos depois, Aumale me retornou dizendo que Blaise Martin du Chabalier, membro da *Confraria Rei René*, em Angers, se deslocaria até Lille e pretendia me encontrar. Fiquei surpreso com a repercussão imediata dos fatos. Também fiquei curioso de conhecer de perto um membro da mais famosa confraria de livreiros da Europa.

14.

Foi assim que viajei a Lille, região norte de França, conhecida como Nord-Pas-de-Calais. É um pedaço de terra que se tornou, a partir de 1441, centro de produção literária. Assim, máquinas de impressão, oficinas de composição, fundidores de chumbo, gráficas administradas por gerações de impressores-livreiros, livreiros-editores, editores-escritores, escritores-impressores viviam entre autores desempregados em busca de editores e negociantes de papel, especulando sobre a arroba e a gramatura; ou então vendedores de maquinários que surgiam vindos de Paris, Amsterdã, Frankfurt e Munique. Havia ainda os que circulavam pela cidade: artesãos, gravadores de iluminuras, que trabalhavam em porcelana, tecido e papel. Alguns vendiam iluminuras ou cartões avulsos, impressos em papelões.

Por conta desta heráldica, Lille era, em vários aspectos, *playground* de bibliófilos de todo o mundo, amantes dos incunábulos, brochuras e capas duras; colecionadores de autógrafos, de prefácios e posfácios, de folhas amareladas, avulsas e soltas, rabiscadas distraidamente ou não por algum famoso poeta, escritor, editor ou sei-lá-mais-quem. Vendiam autógrafos de homens de gênio que, também não se sabe como, haviam jogado sobre este papel um estrato significativo de si mesmo e, por causa disso, a folha de papel passara a despertar o culto de um bando de milionários do livro.

Assim que deixei as malas no Hotel Mary lnn Monroe, tocou meu telefone. Era Blaise Martin du Chabalier, que me esperava do lado de fora em sua limusine. Nem tomei banho. Desci no elevador arrumando a gravata, pois sabia que iria conhecer alguém elegante e distinto. Martin Du Chabalier tinha anel de ouro no dedo mindinho e bengala com brilhantes. Entrei em sua limusine. Ele estava acompanhado de seu motorista. Fomos dar um giro pela cidade. Passamos pela *place* Sebastopol e seguimos em frente. Era a primeira vez que eu andava em uma limusine. Nunca tinha visto uma por dentro antes, não sabia que tinham pequenos toucadores para guardar certa quantidade de livros. Noutro canto estava a cafeteira; numa pequena mesa, o laptop; logo adiante, mais livros. Du Chabalier serviu uma xícara de café, perguntou algo sobre a pesquisa "O Eremita em Paris", depois entregou seu cartão. Nele estava a insígnia da *Confraria Rei René*. Era uma tapeçaria formada de papiros. Ele notou meu olhar para a efígie, cruzou as pernas, perguntou como estava Aumale, Pierre-René e o professor Murmurin. Depois, igual a quem inicia um sermão matinal, começou a me contar a história da *Confraria*. "Tudo começou, disse ele, com René d'Anjou, o bom, nascido a 19 de janeiro de 1409 e falecido a 10 de agosto de 1480, aos 71 anos". Ao completar trinta anos, durante a Idade Média, René d'Anjou tornou-se um dos homens mais poderosos da terra. Até mesmo Carlos VI, o Insano, rei da França, o invejava. Foi nesta época que René se tornou Duque de Anjou, Conde da Provença, Conde do Piemonte, Duque de Bar, Duque de Lorenna, rei de Aragão, Sicília, Maiorca, Nápoles e Córsega. Também foi nesta época que conheceu Joana D'Arc e se tornou, não se sabe se devido a isto, dono de Jerusalém, entre 1438 e 1480.

Era um erudito, amante das artes, responsável, segundo Du Chabalier, por parte das frescuras, afetações e refinamentos do povo francês, já que foi sob seu estímulo e patrocínio que a sensibilidade e a cortesia foram valorizados como modelos de relacionamento no sul do país. Contou que René havia financiado trovadores, poetas, pintores, tecelões, de modo que havia reunido uma vasta coleção de livros, tapetes, telas, violas, foles e imagens do Apocalipse. A admiração por René d'Anjou não tinha limites. "Veja só", historiava, "René ajudou a mudar o feudalismo, fez inovações técnicas, revigorou o comércio das cidades a longas distâncias, promoveu feiras, teve que lidar com as cruzadas, é verdade, as rebeliões camponesas, as pestes e outros medos... Depois de sua morte, aos poucos, consolidamos nosso patronato das artes à preservação de seu nome e de suas obras raras. A coisa foi passando de pai para filho, sabe como é? Até os dias de hoje..."

Enquanto ele falava, eu continuava a beber o meu café. Era testemunha da fala de um devoto. "Olhe à sua volta, disse ele, o que você vê?" Eu não consegui nem olhar, nem responder, ele emendou: "É por isso que a *Confraria* valoriza sua busca, encontre *Os deuses nos objetos*, de Calvino...". Perguntei se ele sabia algo sobre o livreiro da rue Jacob, que queria 'vender manuscritos de autor estrangeiro'. Ele disse: "Sim, claro que sei, todos sabem...". E foi direto ao assunto. Disse que o livreiro chamava "*monsieur* Villepan". "É atento e ganancioso negociante de autores inventivos". Fiquei surpreso como tudo estava dando certo. Du Chabalier sabia mais do que eu supunha. "Diga a Villepan somente que Martin e a viscondessa Aumale estão interessados nos insólitos de Calvino. Será o suficiente". Com estas credenciais, imaginei que seria mesmo suficiente. Tomei o restante do meu café. Sentia-me excitado, embora ainda mais desconfiado e só. Pus a xícara sobre um livro. Du Chabalier me olhou fixamente nos olhos, pegou sua bengala do século dezoito e começou a me alisar. Passou o cabo crivado de brilhantes em mim, dos pés à cabeça. Fiquei arrepiado e quieto. Não entendia o que estava acontecendo. Fixava-o atentamente nos olhos, vislumbrava algum clima homoerótico, imaginei a possibilidade de resolver os meus problemas financeiros, sim, Du Chabalier não era de jogar fora. Irrompeu em minha memória as palavras de minha mãe: "Ah... seu gayzinho... Sei do que você gosta, seu ordinário...". Quasimodo nunca compreendeu o meu lado feminino. Pelo visto, Du Chabalier também não, porque seguia passando em mim a sua bengala... "Você gosta?", ele quis saber, respondi que ainda não havia me decidido... Ele recolheu a bengala e, parecendo irritado, disse: "Meu caro, não suporto louça suja sobre meus livros". Tomei um susto. Imediatamente retirei a xícara de cima do seu volume raro. Voltei à minha realidade anódina e desatenta. Saí da biblioteca-limusine em direção ao salão do livro antigo ainda menos confiante do que antes. Voltei a arrumar a gravata. Rastreei o aviso de que a ansiedade e a angústia estavam a me esmagar o peito.

— Você reconhecerá Villepan imediatamente, ele é manco e usa uma bengala —, tinha dito Du Chabalier, pela janela, quando saí do carro. O problema foi que, ao entrar no *Le Gymnase*, deparei-me com três mancos de bengala de uma só vez. Dois seguiam para a esquerda e um para a direita. Sem demora, virei à esquerda — deduzi levando em conta a minha intuição —, fui direto até um deles. Ao chegar perto, quase bati continência: "Monsieur Villepan...", chamei. O homem deu de ombros, erodiu o chamado e ergueu a bengala na altura da cintura, apontou o final do corredor, na outra direção. Olhei, vi que se tratava do outro homem, que também usava bengala e corcoveava. Agradeci e segui na direção indicada, entre os *stands* das editoras. Me envolvi em pensamentos sobre o fato de uma mesma feira literária abrigar tanta gente claudicante. Supus possibilidades diferentes, desde a má circulação sanguínea nas pernas destes inveterados leitores, até o fato de pertencerem à mesma família genética; operários do mercado gráfico, gente que havia trabalhado em pé durante longas jornadas, prejudicando o nervo ciático, entortado a bacia de tanto descansar sobre a mesma perna. Haviam desconjuntado a espinhela de maneira a favorecer o surgimento de certo número de estropiados, tortos e curvados, como certas lombadas de livros.

Caminhei até onde estava o tal homem. Aproximei-me e quase voltei a bater continência. Ao me aproximar, notei que ele não tirava os olhos do teto. Parei ao seu lado e também me coloquei a olhar para o alto, tentava identificar o que ele espiava. Ficamos um tempo assim olhando o vazio do pavilhão do *Le Gymnase*. Senti um profundo alívio. Assim, prostrado, falei que havia sido enviado pelo *Institut France des Bibliothèques Fantastiques*, representava madame Aumale e Martin Du Chabalier. O homem virou o rosto e me fixou sem dizer nada. Agora nos olhávamos diretamente, frente a frente, face a face. Achei que se tratava de alguma forma de identificação visual, um código de barras ocular, de modo que inscrevi em meu olhar "*IFBF* + Confraria Rei René = Euro$", dosei na face uma expressão norte-americana, que significava a visagem afirmativa de prosperidade e empreendedorismo. Dei um passo atrás e estiquei o pescoço para a frente no intuito de que o homem visse a transparência da minha íris. Ele veria uma pupila clara, nem falsa, nem fingida, repleta de boa vontade, sobretudo para com os negócios ligados à literatura e o bolso dos colecionadores. Diminuí propositadamente o brilho e a intensidade do meu olhar para que Villepan não achasse que eu estava sedento ou excitado em demasia. Ajustei a frequência da nitidez para "olhar-sincero-que-quer-aproximação-para-felicidade-da-bibliofilia-francesa". À sua maneira, o olhar de Villepan também começou a reconhecer o meu. Li e reli os códigos por ele emitidos, sua pupila dava sinais de alta vibração; tratava agora de revelar seu *status quo* de "homem poderoso", não apenas no sentido dos negócios de livros da rue Jacob, mas no sentido mágico, penetrante e forte, destes que atravessa o sujeito visado, ele emergia um "não". Era olho que não olha, mas decifra, identifica, arrasta consigo; capaz de compreender desde os meus mais remotos antepassados da Normandia até os quartos escuros e assombrados dos orfanatos em que morei; o olhar daquele homem registrava minhas tragédias familiares, meus gostos sexuais, meu tipo sanguíneo, o signo astrológico, a cor e o número da minha cueca. O olhar do livreiro decifrou minha estrutura genética, viu o tamanho do meu abandono, aquele Villepan tinha um raio-x na face, jamais poderei esquecer aquela expressão. Creio que seu olhar conseguiria até mesmo fazer exame de sangue e de fezes, sem a necessidade de microscópios. Foi impactante, nunca tinha visto alguém com tamanho magnetismo. Nem mesmo minha mãe. Se alguém possuía naquele momento os manuscritos de Calvino era ele, sim, sabia, pude ver em seu rosto. Villepan seria alguém capaz de reconhecer um manuscrito de Calvino em qualquer lugar, a qualquer distância. Ele estendeu a mão e se apresentou. Em seguida me entregou seu cartão, estava escrito: *Patrick Villepan – negociante de livros antigos*.

— O que o senhor procurava olhando lá em cima, perguntei.

— Não procurava nada. Estava conjecturando.

— Posso saber o quê?

— Sim, pode. Pensava quantos euros Aumale e Martin estão dispostos a pagar.

— Posso procurar saber, dar telefonemas...

— Não será preciso. Não, agora. Você sabia que Aumale, Martin e aquele professor angolano, o tal Murmurin, são pessoas como eu, obcecadas por papel velho?

— Imagino que sim. Os livros raros são uma velha paixão. Senhor Villepan, posso lhe fazer uma pergunta? O senhor tem os manuscritos do "eremita"?

— Sim, tenho!

Eu gelei.

— O senhor pretende ficar com eles, esperar propostas, conversar? Posso me candidatar a uma negociação?

— Venha, deixe-me lhe mostrar os manuscritos de Calvino.

Voltei a gelar. As pernas também começaram a tremer.

Ele me levou para fora do *Gymnase*, saímos caminhando lado a lado. Villepan tinha uma maneira elegante de colocar as mãos no bolso. Usava um chapéu e agora fumava enquanto atravessávamos as ruas. Perguntou sobre minhas funções no *Institut*, ficou surpreso ao saber quanto me pagavam, "ninharia...", alfinetou. Depois, voltou ao eremita:

— A calvinicidade está se multiplicando, sabia? Em toda parte.

— Como assim?

— É uma longa história. Não quero especular. Levaria bastante tempo para explicar isto.

— Não, por favor, gostaria de saber, se o senhor não se importar.

— Os jovens não sabem mais nada sobre Calvino, não é?

— Sim, acho que sim.

— Mas as coisas que Italo Calvino sonhou sobre as cidades farão surgir uma nova sociedade, um novo espírito que chamo de calvinicidade, formado por calvinocômicos, calvinotópicos e calvinogôgos, estes serão adeptos da calvinicidade... Aos poucos, este grupo será reconhecido facilmente. Como agora: vejo você... É um típico 'calvinista de esquerda'.

Meu silêncio foi quase total. Villepan era louco ou estava a caminho. Continuava a delirar:

— Estão trocando o religioso pelo invisível. Calvino é o futuro... Veja, temos negócios a tratar e a hora está avançada, podemos debater e polemizar mais sobre isto depois, agora vamos cuidar dos negócios.

— Certamente.

— Me conte de você...

Comecei dizendo que conhecia pouca coisa de Calvino. Contei da minha seleção no *IFBF*. Expliquei o percurso do projeto *O Eremita em Paris*, no qual o objetivo era encontrar *Os deuses nos objetos*.

— Ah, se era isso, então você acabou de encontrar...

Aquilo me encheu de felicidade, incredulidade e temor.

— Se enganam com Calvino, continuou ele, ao pensarem que o invisível é alegoria. Trata-se de proposta teológica de cunho filosófico utopista. Trata-se de cadeia de eventos entrelaçados, fio de continuidades que liga um ser a outro, que se faz e se desfaz a todo instante, e contém o feliz e o infeliz... Se, por um lado, a arte de calar revela-se difícil, também árdua é a arte de ver o invisível, perceber a fonte de onde brota o visível, não acha? Calvino dizia que para ver o invisível o olho devia fixar-se no ínfimo fragmento do mundo, mesmo que esculpido a partir de geometria caótica, e aí esmiuçar, meditar e contemplar. Os infinitos contidos em cada coisa, detalhe ou vestígio, só isto importa.

Depois, foi minha vez de citar Calvino:

— "Na década de setenta fui, sobretudo, um eremita". "É o anonimato o que me atrai. O sonho de ser invisível... Quando me encontro num ambiente em que posso ter a ilusão de ser invisível, sinto-me muito bem".

Villepan anuiu:

— O invisível é mais do que enredo de seus romances, ele o descreve como um sonho a ser alcançado.

— Vejo que o senhor conhece bem os papéis que tem em mãos.

15.

Chegamos ao saguão do hotel onde ele estava hospedado. Villepan mandou que me acomodasse em um dos sofás, iria buscar a "coisa" em seu quarto. Continuava sem acreditar que colocaria as mãos naqueles manuscritos. Colocar as mãos nos papéis significava progredir no ambiente de trabalho. Claro, com minhas assistentes, afinal, somos uma equipe. É bem verdade que fui ajudado por minha intuição, pela sorte e o acaso. Em breve, trinta leitores poderiam desfrutar das artimanhas do eremita, ficando a gozar de suas peripécias.

Villepan retornou, usava luvas descartáveis, segurava um pequeno pacote. Sentou-se ao meu lado, entregou-me um par de luvas, que pus sem muita elegância. Ele abriu o envelope, tirou folhas amareladas, notei que eram muitas páginas. Estendeu a mão e ofereceu o calhamaço que agarrei como quem segura um bebê recém-nascido. Respirei fundo. Na capa estava escrito *GLI DÈI NEGLI OGGETTI*, virei a página e reconheci os garranchos minúsculos e enviesados de Calvino. Textos a lápis, caneta azul, preta, verde e vermelha misturavam-se às páginas datilografadas corrigidas com grafite. Comecei com calma. Acionei lentes e olhos de registros, passei a ser máquina fotográfica.

Comecei a ler. A cada linha ficava claro que Calvino vislumbrava a possibilidade do infinito, sistematicamente presente nas coisas do mundo, aqui e ali, lá e acolá, no mínimo e no máximo, no dentro e no fora, na vontade e no vazio, eram esboços, contos completos, pequenos diagramas e esquemas em que apareciam setas, cruzinhas, duas tabelas e algumas listas de palavras. "Temos tempo, acedeu Villepan, olhe com calma. É coisa fina."

"Sim", confirmei. "Trata-se de um Calvino legítimo. São avulsos e restos do projeto *Palomar*, envelhecido entre 1971 e 1984." Concentrei-me novamente na letra. Parecia projeto quase irrealizável, inacabado, de flertes com o infinito, tentativas e erros, possibilidades frustradas, caminhos que provavelmente não dariam em nada e outros com promessas. Nos papéis datilografados e nos manuscritos, corrigidos com canetas e grafites, a letra surgia tremida o suficiente para demonstrar que o eremita havia escrito no sacolejo do metrô, do avião ou do ônibus; escrito na perna ou nos braços das cadeiras, nos consultórios, nas salas de espera, apoiando-se sobre jornais ou revistas, já que sua letra era quase-regular. Aqui e ali as anotações foram em bancos de pedra de praças e jardins. Encontramos nos textos os buracos do percurso. Vemos os balanços dos deslocamentos, eles capturavam as andaduras, os giros da narrativa, para, em seguida, surgir uma escrita com passagens ordenadas, regulares e precisas, mostrando que Calvino estava em seu escritório, onde a luz era agradável, havia uma superfície lisa e estável, sua escrivaninha preferida. Essa alternância também revelava as oscilações e irritabilidades no humor do eremita, no espaço-tempo da narrativa. Enquanto lia o material, Villepan voltava a olhar para cima, não parecia perdido, ao contrário. Entendi do que se tratava. Calculava o valor daquilo.

Virei página após página e, aos poucos, fui percebendo o que Calvino pretendia. Estava a propor uma reforma espiritual. Fosse ou não possível, percebia naquele instante que *GLI DÈI NEGLI OGGETTI* seria capaz de agitar o mundo da teologia insólita e da literatura fantástica. Afetaria também a ética e a moral, produzindo, em seguida, tratados sobre a imanência, estudos quânticos sobre a matéria e a antimatéria. O eremita, vivendo em Paris, havia atingido sua síntese sobre a transcendência e o infinito, algo comum, diga-se, entre os poetas italianos. Ele havia reunido, depois de longa meditação sobre as forças e os objetos, seu credo e sua mística. Além de todos os temas tradicionais como o vazio, o inexistente, o partido e o distante, aqueles manuscritos traziam uma revisão espiritual do homem sobre o mundo. Está claro que o eremita planejava um livro-coisa-divina. Espécie de bíblia dos objetos-coisas míticas, naturais, sexuais e apocalípticas. Havia planejado um volume único: mostrar de que forma os deuses se manifestam e se materializam nas coisas inanimadas e como estas presenças deixam de ser inanimadas e passam à folia e à animação.

O livro seria um passeio pelo mistério das coisas sem mistério. Compêndio do divino natural. Uma forma de encontrar o encantado no insólito e no pitoresco, no absolutamente normal e dado, à vista, à mostra, entregue, pronto para ser tocado e sacudido, cheirado, abraçado, lambido, igual a quem abraça uma almofada. A coisa. Ela entra em você e você nela. Como o eremita conseguiu chegar àquelas conclusões? Comecei a ler os contos, virava a página, queria compreender os esquemas. Levantei um pouco os olhos para detectar Villepan. Ele ainda olhava para o teto. Havia pedido um chá verde e bicava a xícara sem pressa. Após me olhar e sorrir depositou o chá sobre a mesinha e passou a ler o *Le Monde*. Pedi-lhe mais trinta minutos. Do paletó tirei uma lupa, apontei-a sobre os rabiscos. Comecei a correr o olhar no texto novamente. Devo confessar que mesmo sendo lerdo em tudo, exatamente como dizia minha mãe, "às vezes você é uma besta quadrada!", podia identificar que estava diante de papéis raros, finos e valiosos. Como o eremita foi esquecer isto em uma banca de jornal? E por que não voltou para buscar? Tudo isto me intrigava. E como Villepan os havia conseguido? Senti calafrios, não saberia negociar aquilo, embora tivesse ordem expressa: "Parar de embromação e comprar logo os manuscritos!".

Chegara a hora do fim da embromação. O problema é que não imaginava encontrar estes papéis tão rápidos. O valor seria da ordem do inimaginável. Fui tomado a tal ponto pela alucinação dos valores que senti vontade imediata de sair correndo. Por pouco não me levantei, fiz gesto de ir fazer xixi, me esgueirar de lado, à francesa, e sair pelo saguão; até alcançar a porta, dobraria a velocidade dos passos, chegaria à rua e, agora sim, correria em disparada, dobraria a esquina, depois à direita e à esquerda, faria zigue-zague, até que, ao chegar num lugar sossegado e seguro, respiraria fundo, sentiria as pernas, começaria a me agitar com a possibilidade de me livrar, finalmente, da minha solidão com a ajuda da literatura. Sim, acho que o livro é melhor companhia do que um crânio de caveira. Depois seria a vez do estômago dar os seus sinais. Passaria a sentir frio e fome, mergulharia em lassidão.

Ergui os papéis para cheirá-los. Villepan me olhou por trás das páginas do jornal. Deve ter achado esquisito alguém cheirando papéis. Deve ter imaginado que seria uma técnica nova de reconhecer autenticidade. Senti que tinham o aroma do eremita. Preferi me acalmar. Tinha um trabalho a fazer. Depois de ler partes inteiras, coloquei os manuscritos de volta no envelope. Pus a pasta sobre minhas pernas e comecei a falar:

— Sim, vamos fazer negócio, claro! Mas devo dizer que, apesar de ser um legítimo Calvino, estes papéis estão, no momento, sem valor de mercado, por que alguns contos já foram publicados no livro *Prima che tu dica 'Pronto'*. O senhor mesmo poderá verificar.

Villepan arregalou os olhos. Balbuciou um "merde" com fineza e elegância. Por essa ele não esperava. Engasgou o chá verde, "Como assim, isso não é possível!?". Expliquei que os contos tinham sido publicados *post-morten* e que, como projeto inacabado, estava ainda insólito, fantasmal, apenas caminhos esboçados, não definidos, exercícios, nada mais do que isso. O *Institut France des Bibliothèques Fantastiques* e a *Confraria Rei René* teriam que empregar dinheiro complementar para recompor o material. Naquele estado, os papéis não valiam muito.

Villepan ficou em silêncio e voltou a olhar o teto. Uma proposta aceitável, eu exortava, dentro da atual situação econômica da França, "Eu sei, talvez colecionadores na Bélgica paguem um pouco melhor", disse, "Eles têm grande experiência com intercâmbio de obras raras". Villepan simplesmente não disse nada. Apenas esticou a mão e puxou a pasta do meu colo sem nenhuma delicadeza. Mostrou-se bruscamente grosseiro e ríspido. Começou a alisá-la como quem passa a mão em uma cédula de cem euros quentinha, cheirosa e azul. Na minha cabeça só ecoava agora a mensagem de texto da minha chefe, madame Aumale, parecia uma buzina: "Deixa de embromação e pega logo esses papéis!!!". Foi o que fiz. Talvez movido pela força irresistível e alucinante daqueles contos, estiquei o braço e com a mão esquerda arranquei a pasta de Villepan, com ímpeto, mostrando-lhe toda a minha disposição para por um fim de vez àquela embromação. O livreiro da rue Jacob arregalou os olhos. "Meu senhor", alterou-se ele, "o que você está fazendo?!". Por essa ele também não esperava. Ficou atônito. "Não sairei de Lille sem estes contos, senhor Villepan", retruquei, já meio ensandecido. O livreiro olhou para os lados. Talvez tenha desejado chamar alguém, talvez os seguranças do hotel. Seria a segunda vez em menos de uma semana que eu me envolveria com a polícia francesa. Creio que este fato orgulharia a minha mãe. "Isto é um acinte. O senhor está me roubando. Irei telefonar agora mesmo para Aumale e Martin."

Foi o que ele fez. Sacou seu celular e começou a digitar os números. Quanto a mim, voltei a abrir a pasta. Queria retornar à leitura dos contos e dos esquemas. Ouvi quando ele reclamou a Aumale: "O seu funcionário enlouqueceu..."; "Como se atrevem?..."; "Por este atrevimento vou lhes cobrar meio milhão de euros!!!". Agora foi a minha vez de arregalar os olhos, pigarrear e engasgar mesmo sem ter tomado chá verde. "Como assim, senhor Villepan?... Não se faça de tonto, isto não é possível!..." Decidi então calar e agir. Controlei-me porque, afinal, o dinheiro não era meu. Tentei reordenar-me emocionalmente, voltar a meu devido ponto de localização. Acho, contudo, que já era tarde demais. Foi tudo muito rápido. Senti Quasimodo ao meu lado, vi que estava orgulhosa de mim e esta sensação me alegrou ao ponto de eu simplesmente me levantar e sair caminhando, deixando Villepan falando ao telefone. Parti com os manuscritos do eremita debaixo do braço. "Até logo, senhor Villepan. Faremos contato em breve".

16.

Desta vez não fui detido por nenhum guarda. Fui direto para o hotel. Ao entrar no meu quarto, o telefone tocou. Era o professor Murmurin, estava agitado e ansioso; me repreendeu duramente, parecia já saber de tudo, senti-o furioso. Me desancou afirmando que aquilo não era método para um cavalheiro, coisa de gente decente ou civilizada, perguntou se meus pais não tinham me dado educação, onde eu estava com a cabeça, jamais tal procedimento havia sido utilizado pelo *IFBF* e pela *Confraria Rei René*. Escutei tudo sem contestar. A certa altura, no meio da sua raiva, Murmurin desabafou: "Também foi bem feito para aquele velho calhorda e safado!", explanou que Villepan, além de negociar livros no mercado 'cinza' das artes, também era contrabandista de carne de macaco vinda do continente sul-americano, além disso, para piorar, colecionava dentaduras de velhos, traficadas da Europa Oriental.

Devo dizer que precisei de alguns segundos para processar todas essas informações. Villepan tinha obsessão por dentição alheia, ele não só colecionava com ou sem dentes de ouro, pivôs e caninos pontiagudos, ele também contratava boxeadores para esbofetear velhos e velhas para arrancar-lhes os dentes. Fiquei chocado. Tal revelação reverberou profundamente em meu espírito. Transportou-me diretamente para as catacumbas de Paris, relembrei de todos aqueles dentes de caveiras e as opiniões de Uberto Stronzo sobre os seres humanos e os ratos. Imaginei imediatamente a casa de Villepan. Vi regularmente arrumadas em prateleiras um número considerável de próteses arrancadas a soco. Vi também pequenas redomas de vidro guardando todos os tipos de chapas, caninos, molares, cada um pertencente a um banguela diferente ou a algum distraído que deixou os dentes em um copo na pia do banheiro do hotel e, ao acordar pela manhã, tudo havia sumido. Eram tantos dentes surrupiados e vendidos ilegalmente para formar a coleção pessoal de Patrick Villepan, que me espantei. Imagino como esses velhos haviam voltado para casa. No primeiro momento, devem ter posto a mão na boca, 'levaram meus dentes', devem ter pensado. Não entendiam por que haviam sido golpeados covardemente, devem ter pedido ajuda, se levantado do chão com dificuldade, devem ter gritado, cuspido sangue, pedido socorro, saído correndo, pulando, talvez até se arrastando, escorados em algo, podem ter sido carregados por terceiros.

Quanto mais raciocinava, pior ficava para Villepan; era tomado pelo sentimento de ódio, indignação e revolta. Villepan era, além de tudo, colecionador desleal, já que montava seu acervo com violência e roubo. Depois de imaginar tudo isso, segui em meus pensamentos até a cozinha pessoal do livreiro. Fui direto até a sua geladeira, abri seus freezers e os encontrei abarrotados de carnes de macaco contrabandeadas do Brasil, do Equador, da Guiana e da Bolívia. "Gente assim não devia viver", sentenciou Quasimodo, ela voltou a repetir a frase, só em francês: *Des gens comme ça ne devraient pas vivre*!!! Não sei explicar por que ela fez isso.

Foi a primeira vez que senti ódio por alguém. Também imaginei que poderia estar sentindo ciúmes do livreiro por ele possuir os raros manuscritos do eremita. Tudo isso se passou enquanto Murmurin continuava a me esculhambar e repreender ao telefone. Demorou ainda alguns minutos para ele amainar a raiva. Quando finalmente isto aconteceu, apertei o telefone com força contra o gancho. Desliguei na cara do professor Murmurin. Devo dizer que senti um alívio enorme. No quarto de hotel, tirei a roupa, entrei no chuveiro e comecei a me ensaboar, não parava de amaldiçoar e espinafrar Villepan; como ele poderia ser tão terrível? Ao sair do banho, enxuguei-me com calma, acendi a luminária, deitei-me na cama e recomecei a ler os manuscritos do eremita. Estava agora tomado pela ideia de ler todos os contos. Verifiquei primeiro os diagramas, os datiloscritos, a forma do projeto, os desenhos dos parágrafos, as frases soltas e as narrativas. Saquei o meu dispositivo e enviei algumas mensagens diretamente para madame Aumale. Inclui cópias para Pierre-René, professor Murmurin e Du Chabalier.

Em poucos segundos, começaram os envios e reenvios frenéticos de parte a parte. Estavam todos irritados comigo. Sobre Patrick Villepan escreviam coisas ainda mais atrozes. Chamavam-no de "Especulador de malditos papéis conseguidos não se sabe como, sempre originais e caros". Da minha parte, supria-os de informações, atestando que se tratava de um "legítimo Calvino", explicava, "é um livro com estratégias e visões sobre os deuses e as coisas, raramente elaboradas por qualquer outro ser humano, exceto Spinoza". Típica obra de arte calvineana, insistia, estou convencido. À medida que avançavam as trocas de mensagens, notava que o *Institut* e a *Confraria* confessavam pequenas desavenças, rancores, decepções, todas elas curtidas no fino azeite de oliva, contra Villepan. Surgiam a cada mensagem de texto novas informações: "Não esqueçam o valor que ele pediu por aquela frase do Fernando Pessoa!!"; "Ele está enriquecendo à nossa custa!"; "Sabe o que ele fará com este dinheiro? Comprará novo lote de dentaduras vindas da antiga União Soviética"; "Maldito Villepan...". Percebi que o negócio fugia do controle, dava para sentir, enquanto Martin Du Chabalier consultava seus associados da *Confraria*, e Aumale, por sua vez, enviava mensagens de texto para os trinta sócios do *IFBF*, eu permanecia a ler, deitado em minha cama do hotel Mary Inn Monroe, em Lille, as saborosas histórias do eremita. Aproveitava para tomar notas, enquanto a madrugada se alongava lá fora.

Em três horas, fizeram uma contraoferta a Villepan de "Cem mil euros à vista e nada mais". Entendi que o processo de idas e vindas seria longo e cheio de percalços. Minha deselegância no trato com o livreiro fez com que ele se recusasse a me ver no dia seguinte. Pierre-René interveio, assumiria as negociações. Recebi a ordem de me apresentar imediatamente ao *IFBF*; minha atitude estava sendo considerada "inaceitável". Pressenti que perderia a cabeça ou, no mínimo, seria assado numa grelha. Foi uma longa noite dentro da minha cabeça, devo dizer. Revisitei minha vida como quem fecha as portas de um bar. Não dormi. Também nada comi. Enquanto via o dia amanhecer, cogitava meus passos e os meus passados. Após o café da manhã, telefonei para Villepan para lhe pedir desculpas, mas ele não atendeu.

17.

Voltei a Paris na companhia dos papéis do eremita. Reli-os no caminho como ato de solidão e fé na resistência utópica. Cheguei às 13h na Gare de L'Est, lá estavam minhas assistentes me aguardando. Zilda chegou depois, apreensiva, roía as unhas. Caminhamos até a rue de la Fidelité, cruzamento com a Faubourg Saint Denis, no café Virage. Pé-de-cabra me informou que haviam marcado uma reunião no *IFBF* às 17h. Zilda pediu: "Não vá! Você abalou a credibilidade da equipe de Aumale. Ela vai parti-lo ao meio. Hoje de manhã, seus olhos estavam negros e terríveis". Alix quis saber o que devíamos fazer. Não conseguia me desprender da lembrança dos contos do eremita. Aquela leitura me atingia com a força da alegria e do desprendimento. Três coisas buzinavam em meu crânio: "dimensão da natureza", "dimensão apocalíptica" e "dimensão sexual". Olhamos nossos dispositivos. As mensagens não paravam de chegar: assuntos entravam e saíam da pauta da reunião; novas sondagens de preços com os associados; as congregações burguesas de leitores da Europa estavam ouriçadas com os boatos do meu disparate perante o livreiro da rue Jacob. O *IFBF* e a *Confraria* checavam seus saldos bancários enquanto continuavam a xingar Villepan.

Mesmo contra a vontade de Zilda, compareci naquela tarde à reunião de emergência com Aumale, professor Murmurin, Pierre-René, minhas assistentes, Zilda e Martin Du Chabalier. Estávamos em torno da grande mesa oval do *Institut Fantastiques*. Voltei na ocasião a reencontrar os cinzeiros de mármore negro. Saudei-os silenciosamente ao me sentar. De lá, captei o sinal de que algo anormal estava para acontecer. Devo dizer que não era uma comunicação em mão única. Entre mim e os cinzeiros estabeleceu-se a telepatia. Não sei quem começou primeiro a emitir pacotes de informação, creio que foram eles, os cinzeiros, que deram "oi" ou piscaram seus olhos de pedra negra. Acionando meu inconsciente, sem me mexer, pisquei meu olho interno, de carne e mente, no reconhecimento da companhia secreta. A reunião começou com todos acendendo os seus cigarros. À volta da mesa oval, cada um de nós estava munido de relatórios, dossiês, cronogramas, gráficos, perguntas a serem dirigidas. Madame Franziska Aumale, na ponta da mesa, começou a escrever em seu caderninho. O telefone tocou no canto da sala, Pierre-René foi atender.

— Ahnnn... o quê?

Fomos todos surpreendidos com a notícia: Patrick Villepan acabara de ser encontrado morto olhando para cima em seu quarto de hotel, em Lille. O assassino havia levado consigo todos os documentos pessoais, papéis, cartões, "pasmem vocês", atentou Pierre-René, "até as roupas de baixo, os sapatos e a bengala". Todos viraram imediatamente seus olhos na minha direção. Tive impulso de dizer: "Como assim, gente?... Não tenho nada com isso!...", mas preferi me calar... Senti neste momento profundo pesar por mim mesmo. Professor Murmurin falou sem pestanejar: "Ei... Você, cadê os manuscritos dos *Deuses nos objetos*?" Fiquei quieto. Girei os olhos ao redor. Nunca o silêncio naquela sala havia sido tão exasperante. Fixei meus olhos em Aumale. Acho que foi a primeira vez que ela realmente me olhou diretamente. Tinha os dedos entrelaçados, cotovelos sobre a mesa. Nos fixamos por alguns segundos. Aqueles olhos azuis envelhecidos de pesquisas sobre teologias insólitas. Era olhar enérgico, mandão, acostumado a estar por cima de livros e gentes. Aumale tinha o olhar dos revolucionários, dos leitores experientes, mirava a pupila da Transrealidade, a íris do Neo-Simbolismo. Virei a cabeça e depositei os meus olhos sobre os cinzeiros. O olhar deles era diferente do de Aumale. Sua tez era a de quem não queria nada. Nem livros, nem revoluções, nem cigarros. Não estavam admirados, nem ansiosos. Da pedra marmórea vinha a imagem de Quasimodo, sorrindo, feliz comigo, dizendo: "Olha bem a cara desses imbecis!... Estão todos na sua mão agora". Meditei alguns segundos antes de dizer:

— Os papéis estão seguros em algum lugar do Brasil... Enviei-os para lá hoje cedo, por mensageiro anônimo.

Eles se entreolharam. Talvez eu tenha levado apenas dois segundos para entender que o rato estava sem saída. Entendi a indelicadeza das coisas. Quem era o rato? Voltei a sentir imediata vontade de sair correndo do ambiente, mas, claro, me contive, enquanto perguntava se, eventualmente, nas trocas de mensagens, havia anunciado ou esboçado o desejo de trucidar o maldito Villepan. Fiquei surpreso ao saber que o livreiro da rue Jacob estava morto. Bastou um gesto de madame Aumale para que Pierre-René e o professor Murmurin saíssem de seus lugares e viessem até mim com a tranquilidade dos coveiros. Me informaram que eu seria levado para um dos castelos de madame Aumale. "Até a poeira baixar." Cuidariam de tudo. Advogados, polícia, consulados, extradição, subornos, Brasil, tudo estava "coberto", caso fosse necessário. Por hora, eu deveria "ficar na quarentena literária". Não reagi, nem esbocei movimento. Agora já penso que não tive tempo de me despedir dos cinzeiros de mármore. Sentia a felicidade de minha mãe no ar, que sempre quis que eu fosse membro de alguma organização criminosa. Pierre-René veio até mim e disse: "Seus métodos de negociação não são legítimos, embora sejam inovadores...". Professor Murmurin assinalou: "Não se preocupe, você será admirado pela sociedade dos protetores dos macacos". Respondi: "Não matei Villepan...!". Olhei para Zilda, que olhou para mim; voltei a olhar Aumale e creio que ambos pensamos em como nos livrar um do outro.

18.

Intuí que o meu amigo Stronzo, utopista e adestrador de aves de rapina, poderia me ajudar, talvez ele soubesse me instruir, nem que fosse uma saída de rato. Ele confirmaria: "Sim, você esteve em companhia dos corvos". Minha fome, solidão e tristeza, ampliavam-se à medida que eu lembrava que não havia dormido. Sentia as asas dos corvos se erguerem e os ratos se agitarem. Algo se remexia lá no fundo do poço escuro. Na cadeira, comecei a balançar o tronco para frente e para trás. Precisava descobrir quem havia assassinado o livreiro da rue Jacob, se quisesse salvar o meu pescoço. Estava envolvido em trama de aranha. Restava rezar para que o assassino de Villepan tivesse alguma sensibilidade literária. Não jogasse no lixo os outros manuscritos que estavam no quarto. Pierre-René contou que o livreiro negociava um bilhete de Cesar Bolaño endereçado ao porteiro de um prédio. Havia também um conto escrito por um sósia de Enrique Vila-Matas, colombiano, ao que tudo indica, o sósia conseguia escrever melhor que o original. Tudo era incerto, sentia, enquanto Pierre-René falava. Talvez Villepan não tivesse sido morto por nenhuma das organizações de bibliófilos, mas por uma organização de russos, talvez um banguela sérvio ou um desdentado romeno; um velho internacional qualquer, um esmurrado, teria motivos para odiá-lo e matá-lo. Soube naquele momento, por intermédio de Murmurin, que Villepan estava na lista dos procurados por tráfico internacional da carne de macaco. Era o horror absoluto e eu dentro dele. Olhei Pé-de-cabra de soslaio. Ela seguia alguns passos atrás de mim. Sua militância no campo dos alimentos estragados poderia facilmente fazer dela uma assassina potencial. Importação e exportação de carne de macaco era algo que Pé-de-cabra odiava. Ela viu meu olhar, avançou e sussurrou que entraria em ação imediatamente. Acionaria seus contatos nos submundos de Paris, descobriria os verdadeiros assassinos do livreiro. Murmurin achou prudente irmos até nossos apartamentos, para a retirada de objetos pessoais. Pierre-René seguiu com Alix e Paloma; Murmurin veio comigo até o 69, bulevar de Magenta.

Não imaginava abandonar o apartamento assim. Secretamente, ele havia sido meu companheiro nos anos de solidão e loucura. Como se sabe, moro no cruzamento do bulevar de Magenta com Strasbourg, um dos lugares mais tristes da Europa. Das janelas deste quinto andar, vi o medo de Paris, imagens que assaltaram. A mais inesquecível: aquele 11 de janeiro, de onde alimentei fantasias de ser finalmente um zé-ninguém. A coisa de ser solitário convicto talvez esteja apenas começando. Peguei minha escova de dentes, os documentos, pus água nas plantas. Preferi nada dizer à concierge. Levei as chaves, pois nunca se sabe que portas atrás de nós ainda serão abertas. Juntei os papéis em uma mala, meu exemplar de Roberto Juarroz, o CD do Ibrahim Maalouf, os comprimidos de Viagra, e segui diretamente para o carro de Murmurin. Ele estava parado na rue de Paradis, ao lado. Ele ligou o carro e começamos a viagem. Os castelos de Aumale ficavam na Normandia, uma região do planeta que tem mais vaca do que seres humanos. Eu estava agora em um mato sem cachorro. Espoliado de minha liberdade, suspeito de cometer crime físico e bibliográfico. No castelo de Aumale, seria vigiado por câmeras de segurança e funcionários da *Confraria* e do *Institut*.

Aumale e Murmurin estavam interessados nos manuscritos, não em mim, por isso, fingiam cuidar de mim, não me deixando escapar. Na minha cabeça as coisas giravam velozmente; as suspeitas apontavam para um conluio internacional de banguelas e desdentados por um lado e, por outro, organizações não-governamentais protetoras de símios silvestres. Imaginava também que Aumale, Murmurin e Chabalier poderiam ter dado fim a Villepan, entre outras coisas, por ele ter cobrado valor exorbitante, jamais imaginado na história da literatura, por uma frase de Fernando Pessoa. "O livreiro deveria ter morrido naquela época", insinuou Pierre-René em uma das mensagens que chegou ao meu dispositivo antes da reunião.

19.

Acho que me meti em uma grande enrascada. Sou tomado como bode expiatório. Devo fugir ou ir para o castelo? Ir para o castelo não será uma confissão? No meio da tarde, após atravessarmos penhascos, planícies, túneis e florestas, chegamos a algum lugar na França. Depois Alix me confundiu dizendo que não havíamos viajado para o noroeste e sim para o leste. Não sei a direção. Admiro até como se pode saber uma direção a esta altura dos acontecimentos. Não se pode mais confiar no sol. Não me importei com o lugar para onde estava sendo levado porque o lugar onde estamos é sempre o espaço da ignorância e do equívoco. Pude comprovar que estava enganado assim que chegamos ao primeiro dos castelos de Aumale. Chamava *Chateau Hermès*, havia sido construído como réplica do famoso Mont Saint Michel, na Normandia. Tinha formato de Abadia, no entanto, servia de SPA ou hotel de luxo, cheio de empregados, prontos para adivinhar e realizar nossas vontades secretas. Cada um dos empregados era mais elegante e gentil do que o outro, não imaginava um lugar como aquele perdido na França. Como poderia abrigar coleções insólitas? Lugares decorados guardam violências atrozes. Entendi que não havia outra coisa senão aceitar a "quarentena". O castelo era aprazível, com piscinas quentes, massagistas, variados sucos de frutas e jogos para distração, e duvidei em meu íntimo que Pé-de-cabra fosse fugir.

Paloma, Alix e Zilda foram as primeiras a colocar imediatamente seus biquínis e se trancarem na sauna. Vi massagistas sorridentes passando naquela direção. Depois elas foram para a piscina, de onde ouvíamos gritinhos saltitantes agudos da algazarra aquática. Vieram me oferecer um massagista holandês, não entendi o motivo. Alix bebia sem parar, pediu música. Em pouco tempo estava bêbada e falante. O negócio foi ficando tenebroso. Esperei Aumale aparecer a qualquer momento vestida em seu maiô de banho, talvez começasse a tentar sambar, como faz Alix neste momento. Infelizmente Aumale não apareceu. Alix começou a acariciar Pé-de-cabra, que respondeu os seus carinhos, depois a coisa evoluiu, por baixo d'água, já se burilavam, se investigavam com mãos submarinas. Apesar da 'prisão' do castelo e da 'quarentena', o clima estava ideal para as liberdades. Surgiram toalhas vindas de todas as partes. Naquele mesmo dia, à noite, notei que Pé-de-cabra e Alix estavam se aproximando ainda mais. Percebi que tudo havia mudado entre elas. Sobretudo depois que Pé-de-cabra passara a falar com mais frequência de temas escatológicos. Dava tesão nela, não sei como funciona isso, a coisa toda ainda continua incompreensível, mas, devo dizer, Quasimodo me ensinou sempre a respeitar quem está na merda. Sobretudo quando é alheia. O mais não posso. Claro, o amor nascente também pode muitas coisas, de modo que a aproximação entre Paloma e Alix abriu alguma possibilidade de trabalho em equipe, talvez pudéssemos ficar mais afinados e amorosos.

20.

No fundo, não havia me enganado. Na noite seguinte, Pé-de--cabra deu o fora deixando Alix suspirando para a lua. Vi então que o negócio entre elas estava progredindo verticalmente. Pierre-René acionou seus contatos em Barbès, enfatizou que aquela atitude configurava responsabilidade no assassinato de Villepan. Passado algum tempo, diante da piscina, Alix veio me falar, agora reclamava de Paloma, criticou-a dizendo que seu amor pela merda era apenas teórico, na prática, não curtia se ensebar com as fezes da amada, nada de desfrutar os aromas fétidos do outro; Pé-de-cabra recusara-se a receber creme de caca e envolver-se na pasta gosmenta e escura que Alix havia preparado na noite anterior para o encontro sexual. Alix havia preparado uma banheira com sais minerais e uma considerável quantidade de estrume humano. Neste momento, pus a mão na cabeça. Ela pretendia mergulhar Paloma ali, explicou que era a forma de fazê-la renascer para o sentimento duradouro. Paloma não conseguia sair "da merda do relacionamento anterior, no qual havia se afundado até o pescoço". Lembrou que havia visto um filme indiano; nele, o personagem era mergulhado nas fezes para renascer, recusar isto era recusar a própria vida. Paloma se recusara a entrar na banheira, só queria mesmo "o papai com mamãe das aranhas", contou. Relacionamento amoroso é tudo igual, desabafou: "tudo a mesma bosta". Eu entendo, respondi. Não escolhemos a quem amar. Quando Alix terminou seu desabafo, respirei fundo, ergui os braços para o alto como quem se espreguiça, depois abaixei a cabeça e falei, lacônico: "Poxa, que pena!", concluindo: "É mesmo difícil entender por que os relacionamentos amorosos não dão certo."

21.

Aproveitei a ocasião e perguntei a Alix o que ela estava achando de toda aquela sarabanda. Era afinal, acusado de assassinato. Contei-lhe o que havia lido nos manuscritos do eremita, descrevi-os em detalhes, forma e conteúdo, falei da minha emoção ao encontrá-los, voltei ao tema, escrutinei que Calvino havia preparado esboços, esquemas, tabelas, listas, diagramas, contos inteiros, em seguida, falei da minha vontade ensandecida de possuir os manuscritos, terminei contando como havia retornado para o hotel e como desejara apreender intimamente os escritos. Disse também que estava inebriado pelo projeto de Calvino. Olhei para Alix, aguardava ansioso sua opinião, mas ela estava desligada, desconcentrada e longe, nem havia prestado atenção na minha explanação. Seu interesse estava concentrado apenas em saber se Pé-de-cabra retornaria ou não. Definitivamente, as coisas não estavam boas. Olhei para os lados. O que fazer? Restava aguentar, esperar, ter paciência e, quem sabe, um pouco de sorte.

Se, como dizem, o acaso está mesmo ao lado dos distraídos, então este era o momento de esperar. Pedi licença a Alix e disse que precisava ir ao banheiro. Meu objetivo, contudo, era fugir dali. Fui em direção ao banheiro, depois, de propósito, mudei o sentido dos meus passos, fui visitar os salões gigantescos e frios, com frisos e imensos janelões de vidro e madeira, trabalhados na pedra e no granito. Contemplava os adornos das muitas lareiras espalhadas para todos os lados; passei pelas largas escadarias com degraus baixos, certamente para que não houvesse o tropeço e o esforço do passo de quem subia ou descia; escadas que levavam sempre a outros corredores, com portas fechadas de ambos os lados, que levavam a novos salões que, por sua vez, se abriam a novos corredores, portas e escadas, todos decorados com telas a óleo do século XVII e XVIII. Havia porcelanas chinesas, tapetes do século XII, cadeiras Luis XVI, móveis, divãs, encostos, almofadas, sofás e mais sofás de cores e estampas variadas, cortinas com detalhes barrocos, portas com maçanetas douradas, algumas trabalhadas com motivos da *Odisseia*, de Homero. Caminhei durante longo tempo sem que aparecesse ninguém. Nem sinal ou indicação de onde ficaria a famosa biblioteca. Talvez levasse dois ou três meses para abrir todas aquelas portas, explorar os cômodos, e certamente levaria outro tempo para conhecer os pequenos corredores de passagem da criadagem, escadarias minúsculas em caracol. Pensei em perguntar a alguém onde ficava a famosa biblioteca da viscondessa de Verdun, mas não foi o que fiz. Peguei meu dispositivo e enviei mensagem de texto diretamente para Aumale. "Por favor, onde fica a biblioteca?", perguntei. A resposta chegou em menos de cinco minutos. Ela dizia que estava a caminho do *Chateau Hermès* e me mostraria pessoalmente sua coleção de livros raros no dia seguinte.

22.

Foi o que aconteceu. Logo bem cedo, pousou no castelo um helicóptero trazendo Aumale e Paloma pé-de-cabra. Vi tudo da janela do meu quarto e não estava entendendo nada. Teriam capturado Paloma ou ela havia descoberto algo sobre a morte de Villepan, em seus contatos com os submundos? Iniciei conspirações íntimas no sentido de descobrir o que estava acontecendo. Cogitei as hipóteses A, B e C, depois derivei em A1, A2, B1 e B2, depois C1, C2 e C3. Saí do quarto, desci as escadas, fui ao encontro de Pé-de-cabra, mas, ao me aproximar, ela apenas sorriu, segurou rapidamente minha mão, que estava fria e nervosa. Abandonei as hipóteses para perguntar logo: "O que houve, mulher?"; ela respondeu simplesmente: "Estou apaixonada!", depois saiu correndo em direção a Alix que, ao vê-la, colocou a mão no peito, sem acreditar. As duas se abraçaram e sumiram pelos corredores do castelo, em busca de algum lugar isolado e quente. Tive que aceitar definitivamente que minhas assistentes não estavam concentradas no trabalho.

Madame Aumale, de quem, em todo aquele tempo, eu havia escutado apenas um "D'accord", além de recebido inúmeras mensagens de texto, segurou gentilmente em minha mão e levou-me escadaria acima. Estava escoltada à direita por um séquito de criados, e à esquerda por seguranças e secretários, que iam lhe abrindo as portas à esquerda e à direita, até chegarmos depois de sete minutos a alguma porta simples, discreta e sem adorno, perdida no meio de um corredor qualquer na ala oeste do castelo. Um dos funcionários trouxe-lhe uma caixinha prateada, de onde ela retirou uma chave. Aumale girou a maçaneta e abriu o recinto; entramos juntos e alguém fechou a porta atrás de nós. As luzes já estavam acesas, o piso era em linóleo xadrez, claros e escuros; as madeiras brilhavam de tão polidas e as estantes de mogno se enfileiravam a perder de vista. A cada vinte metros, um alarme antimofo piscava sua luz vermelha; pude ver que se abriam por todos os lados novos salões circulares e que deles surgiam escadas, levando, certamente, a outras seções. Aumale continuava calada. Ela não era mesmo mulher da oralidade. Seu interesse estava todo concentrado na palavra escrita. Aumale estendeu a mão, apontou adiante. Com este gesto convidava-me a explorar as salas circulares e as estantes. Foi o que fiz. Saí andando aleatoriamente, meio que arrastando os pés de tanta dúvida e curiosidade. Devia deixar-me surpreender ou não pelo que encontraria? Cheguei perto de uma estante, a madeira cheirava a óleo de pinho. O primeiro livro que vi foi *As Impressões de Proust sobre os Automóveis*, do Marquês de Carabas; ao lado dele estava o *História de uma História Ausente*, de autor anônimo, o que fazia todo sentido.

Circulei um pouco mais. Parei diante de outra estante. Olhei para cima e vi um livro com o título *História Geral das Orelhas*, de 1704; estiquei a mão e puxei e para examiná-lo. Tratava-se de um compêndio surgido em Londres, coleta de relatos de pessoas com orelhas de abano. O livro fazia uma exposição analítica sobre o tema. Larguei-o ali mesmo, dei dois passos à esquerda, dobrei a cabeça para enxergar o volume que via agora: *Estudo do Subespaço Lacunar para Controle Mental de Certas Extensões*, de Terry Adler. Ao seu lado estava: *Os Equipamentos de uma Bicicleta*, com o subtítulo: *Seus acessórios, pneus, para todos os climas da terra*, o autor era Roger-Marin Courtial des Pereires, escrito em Paris, no ano de 1892. Mudei mais uma vez de lugar. Agora olhava o *De Onde Vem o Vento*, também anônimo, escrito em Paris, em 1893. Os livros escritos em Paris formavam a maior parte da coleção. Vi *Considerações sobre o Riso do Estado* (1959), de Bonomet; *O Elogio à Pantufa da Amante* (1830), de Théodore; *A Enciclopédia das Perucas* (entre 1740 e 1760), de Friso-Cometti; *Enciclopédia de Ciências Inexatas* (sem data), de Henry de Chambernac; *O Guia dos Urinós da França* (1964), de Nöel Armand e François Caradec; *O Guia dos Esfaqueados Célebres* (sem data), de Pierre Gould; *Harmonias Elétricas* (sem data), de Martillac; *Iniciação à Revolta Sanguinolenta* (sem data), de Guillaume Bourgeois; *Já Disse o que Eu Disse* (sem data) de Bernard el-Farouz; *O Livre Pensar Fora da França* (sem data), de Jean Barois; *Manual do Perfeito Fumador* (sem data), de Rodolphe; *Meus Estados de Alma ou os Vapores Modernos* (sem data), do Visconde Phoebus, retocado depois por Saint-Réac, escrito em sete volumes, e que pretendia revelar os estados de alma do visconde.

Olhei admirado para: *Minhas Dezoito Reencarnações – História de minha existência depois de 184 da era chamada Cristã.* Tratava-se de um manuscrito que começara a ser escrito no ano 184 d.C e terminava em 1748. O texto vinha assinado por dezoito autores diferentes. Segui meu trajeto. Vi *Os Sem Futuro*, de Trizel; *Sobre os Esqueletos dos Tritóns e das Sereias*, de Faust Korrigan; *Topografia Exata da Imagem de uma Mulher ou as Artes de Voar Regularmente*, seguido por uma *Dissertação sobre as Diferentes Maneiras de Rir sem Gastar um Tostão*, escrito por uma trupe de palhaços de circo.

Prossegui meu caminho. Meus olhos caíram sobre o *Tratado dos Dragões, dos Carrinhos de Mão e dos Ciscos*, escrito por Jean-Basptiste Panthoit. No meu percurso, atravessava fileiras, estantes e salões, a biblioteca não esgotava os seus títulos insólitos. Fui identificando outras preciosidades: *Aproximação de Almotasin*, escrito por Mr. Bahadur Ali, publicado em Bombaim, em 1932. As novas edições traziam famosa resenha escrita por Jorge Luis Borges. Depois vi *Autobiografia de um Auto-Vampiro da Poesia*, de James Speulding, publicado em Nova Iorque, 1961; *O Vir a Ser das Linhas de Ônibus*, de Géo Blachmussel, Paris, 1901; *Aventuras de Viagem de um Homem que Caminha sobre as Mãos*, escrito pelos Peregrinos da Dança de Saint-Guy; *Biografia de uma Múmia Celibatária*, de Dr. Fundgrubem, que era chapeleiro do Embaixador da Suécia em Constantinopla. Passei a mão no *Bússola para Devotos Desorientados ou Todas as Maneiras de se Desculpar sem Precisar Mentir*, escrito por Véronique Doublet; *Contos Catalépticos*, de Fulbert de Marailles, dit Lot, em 1950; *Como Ficar Enjoado Graças às Ideias Fixas*, anônimo, de 1912; *Manual de Cozinha Interplanetária*, escrito por Stanislas Lem; *Da Influência da Rússia sobre os Cães de Guarda*, de Paul-Louis Courrier; *Da Utilização de Espelhos para Fracassados*, de Milo Temesver; *Dos Meios de Obter Esponjas Impermeáveis*, de Omer

Garo; *Das Ratoeiras e suas Influências sobre a Alma e a Atividade dos Gatos*, de Sr. Murr; *Dicionário de Linguagem para Entender esses Animais Meus Alunos*, escrito por Conde Dalbis entre 1831 e 1838, o mesmo que escreveu *Educação para Tubulações*.

Estava fascinado por aquela experiência; parecia que eu levitava do chão. Aproximei-me de outras estantes. Vi *Do Bom Uso da Guilhotina*, de Irina Kobayashi; *Do Estilo ou Da Arte de Não Escrever*, de Remy de Gourmont; *Escola de Onanismo ou de Como Passar a Lua de Mel com a Mão – Imoralidades Nacionais em Três Orgasmos*, de Ballocky Mulligan; *Ensaio sobre o Incômodo dos Cômodos*, de Jules Vabre; *Explicação das Figuras Esquisitas que Aparecem nas Camisas das Crianças*, de Ernest Nusenstirber; *Catálogos de Livros Muito Raros e Manuscritos Não Mencionados na História da Literatura*, de J. Wolrab, escrito em 1720; *Gás Filosófico ou Projeto para um Iluminação Geral do Espírito Humano*, de Seytlop Glowry; *Hebreus para Prefeitos*, de Poncio Pilatos; *Léxico dos Delinquentes*, de Chab C. Mulligan; *Minha Campanha nos Países Baixos, com a História, Dia Após Dia, das Fortalezas e das Armas Brancas que Desarmei*, de Charles de Ligne.

Demorei-me um pouco lendo *Filosofia do Pêssego*, de Alan Krug; *O Mudo Tossiquento e o Escarrador*, de Wilfred Nox; *A Arte de Viver Gripado*, de Mauro Pellegrini; *Quem Tem Arma Pode Tudo*, de Matheus Cugino; *O Sapateiro Descalço*, de Giacinto Kim; *A Demência do Professor Tungstênio*, de Zane Gort; *O Significado do Bigode na Mulher Francesa*, de Pigale Ernst; *Quem Atrasou o Pêndulo?*, de E. H. Burt.; *Primeiro Projeto de uma Estrada de Ferro Sobre o Mar*, de Antoine Bédouin, escrito em Limoges, de 1897; *De Como Andar com Falcões no Ombro* de Amédée Rimbaud; *Segredo Desvelado das Análises dos Infinitos de Todas as Dimensões*, de Diègne Hervas, Salamanca, 1642; *Sobre a Arte de Distinguir o Sexo Hermafrodita dos Átomos*, de Nicolas Hilli e *Sobre a Escolha dos Diferentes Tabacos para Cachimbos*, de Sherlock Homes, 1880. Tive curiosidade de folhear o *Tratado de Sobrevivência nos Paraísos Negros*, escrito por um coletivo de entomologistas, seguido do *Conselho Íntimo e Autêntico ao Imperador das Patacas*; *Tratado de Osteoporose ou Sobre o Esqueleto das Graças*; *Tratado dos Commodites da Ignorância*, escritos entre

1601 e 1614; *A Vida Secreta de um Orgasmo*, de Stanilas Beren e *A Vida Sexual de Gulliver*, de Harvey Sinworth.

Admirava-me como madame Aumale havia reunido tantas preciosidades. Bastava passar os olhos em qualquer uma das estantes para encontrar exemplares magníficos, de modo que imaginei imediatamente que uma das prateleiras poderia abrigar um dia os manuscritos *Os Deuses nos Objetos*, de Calvino. Agora dependia de mim. Senti que o eremita ficaria feliz de estar na companhia destes autores invisíveis. Por todos os lados, havia volumes e exemplares raros e únicos. Entendia perfeitamente por que Aumale me pagava para obter o livro. O universo de Calvino era o dos livros, das leituras, das coleções, o ambiente silencioso e solitário das bibliotecas, das editoras, ele mesclava presença e ausência, fala íntima com sonho cósmico, narrativa, papéis velhos, brochuras, novas anotações, projetos falhados, todos eles longe das prateleiras dos *bestsellers*.

Continuei a caminhar pelos salões de pedra e madeira em mogno cheirando a óleo de peroba. Nas estantes envidraçadas e limpas, não havia a menor marca de digitais. Perdi a conta das vezes que girei à esquerda e depois à direita e novamente à esquerda, seguindo em frente dez ou doze passos para novamente virar à direita e encontrar a mesma disposição dos móveis. Em algum momento, tinha que atravessar duas portas pesadas que levavam para novos salões e escadas, que acessavam outros andares. Escolhi aleatoriamente uma das oito escadas e subi níveis, aqui e acolá, parava, entrava em uma seção qualquer, com calma. Estava sempre iluminada e limpa. Ouvia apenas o som dos meus passos sobre o assoalho. Tudo era sóbrio. Via pequenas mesas agrupadas com cadeiras, poltronas, sofás e pufes convidativos, prontos para o leitor distraído do tempo veloz.

23.

A sensação de ausência e frescor me abateu. Fui tomado corporalmente por uma imensa vontade de ler. Pensei em escolher um livro qualquer ali mesmo; quem sabe, poderia começar a lê-lo imediatamente. Foi o que fiz. Dirigi-me até a estante de vidro à minha esquerda, abri-a, fechei os olhos, estiquei a mão e puxei um volume qualquer. Surgiu um volume grosso, de capa dura, estava escrito: *Sobre a Excelência das Tripas*, de Nöel Beda. Achei engraçado. Segui até uma poltrona e me acomodei confortavelmente. Apoiei o livro em meu colo e comecei a virar as páginas. Tratava-se de um inventário sobre os peidos a partir de anotações do abade de Saint Victor, que havia morado em Paris, no século XII. Como forma de homenagear a cidade e sua cultura, o abade havia escrito a compilação dos tipos de puns encontrados na Île-de-France. Nöel Beda, por sua vez, viveu entre 1470 e 1537, foi professor de Teologia no Collège de Montagu.

Estiquei os pés sobre o sofá. Busquei me acomodar ainda mais. No prefácio, Beda dizia que "os inimigos do humanismo detestariam o volume". O livro começa tratando dos diversos tipos de pança; cataloga as maneiras de ficar de cócoras; dedica toda uma seção às "Artes honestas de peidar em sociedade". Beda resgata um estudo anterior de certo M. Ortinium, sobre a "Arte de Peidar em Companhia de Alguém"; passa pelas indulgências que os padres davam a quem peidava na igreja durante a missa, além de reconstruir o inventário do abade de Saint Victor. Neste inventário, há registros dos modos e das sonoridades de bufas soltadas em Paris, no século XII. Ele detalha as bufas, caracteriza-as por serem baixas e discretas, diria até inauditas, soltadas em "fá menor", e há as estridentes, autoanunciadas, independente da vontade da dama ou do cavalheiro. O abade de Saint Victor, nas palavras de Beda, se referia às flatulências como "pequenos sopros de vida e de morte". É uma boa definição. Alguns puns, segundo descreve o abade, têm força suficiente para balançar saias e hábitos religiosos. Desde pequenas levantadas de coxas e joelhos nas cadeiras até escandalosos e assustadores trovões de *cassoullet*, seguidos de nuvens negras e sufocantes. O livro conta a terrível história do mestre de coro Baudolin Lauloette, morto após tentar evitar um pum dentro da igreja. Este caso único nos anais da medicina entrou para a história como "O Êxito Letal por Sufocamento de Ânus e Tripas ou Sobre as Autoimplosões". Durante a leitura, imaginei que Pé-de-cabra e Alix D'Aubagne iriam gostar de saber da existência do abade de Saint Victor e do livro *Sobre a Excelência das Tripas*.

Continuei a explorar o volume. *Sobre a Excelência das Tripas* havia sido escrito com paixão e zelo; apareciam correlações e aproximações entre os diferentes tipos de queijos consumidos na França e os diferentes tipos de odores produzidos a partir daí. Encontrei inventários sobre as bufas registradas do norte e do sul da França, com destaque especial para o "caso Lyon". Tratava-se de um sujeito que havia sido arremessado da ponte após frequentar um Bouchon. O registro do abade abarcava também o consumo de leites, peixes, carnes nobres, cozidas ou assadas, além de frutas cítricas; depois, falava dos odores ácidos, coléricos, passageiros, crônicos e insistentes. Ele listava 1. "do perigo de soltar peidos contra o vento"; 2. "dos peidos que antecedem as batalhas sangrentas"; 3. "sobre os diferentes tipos de peidos animais"; 4. "os discursos escondidos ou explícitos por detrás do som"; 5. "de como iluminar um ambiente provisoriamente ou de como acender uma tocha a partir de gases produzidos pelo corpo"; 6. "dos diferentes 'cantos' produzidos pelos marinheiros em Marseille; 7. "de como ser atraente e cerebral mesmo dentro de uma nuvem mal cheirosa"; 8. "de como as crianças nos ensinam sobre este assunto", enfim, li boa parte de suas páginas, mas não consegui avançar para as conclusões, porque comecei a sentir fome e sede. Achei melhor retornar. Havia perdido a noção de tempo.

Devolvi o livro à estante e bati em retirada. Apesar da minha expectativa contrária, encontrei facilmente a saída. Voltei por outro caminho, ouvindo o assoalho ranger a cada passo. Estava novamente diante da mesma pequena e discreta porta, que me levou para o corredor largo, na ala oeste. Senti no ar o cheiro de comida e isto me fez esfregar as mãos. "Que incrível", aludia agora à Aumale, estava com a ideia fixa: "Como ela reuniu todos esses livros?". O mundo intelectual francês era realmente bizarro e fascinante. Não sei quanto tempo fiquei na biblioteca.

Cheguei finalmente à cozinha, não havia ninguém. Fui até a geladeira, que estava completamente vazia. Isto me surpreendeu e assustou. As coisas não faziam sentido. Não conseguia acreditar. E aquele cheiro? As potentes luzes internas da geladeira mostravam o frio de gelo e gás. Algo anormal estava acontecendo. Talvez tivesse entrado na cozinha errada, na ala não prevista, o instinto de rato acusava, havia percorrido a saída correta, entrado à direita voltando para os subterrâneos, onde me apresentaram as criadas. Fechei a geladeira e fui para os armários, mas eles também estavam sem comida, apenas sacos de arroz abertos com poucos grãos; restos de fios de macarrão nos pacotes; potes abaixo da metade; nada de açúcar e café. Indaguei-me: e todos aqueles empregados? E a comida à beira da piscina? Como se alimentam? Fui salvo por uma banana, uma única, solitária, perdida na fruteira. Não havia o que fazer, senão ir dormir com fome. A cabeça e o espírito, contudo, estavam envolvidos pela energia daquela biblioteca; neste sentido, bem alimentados; no fundo, empanturrados de imagens e sabores fantásticos.

24.

Acordei no dia seguinte ainda mais faminto. Tomei banho rapidamente e desci do quarto para a cozinha. Ao passar pela sala, deparei-me com madame Aumale, professor Murmurin, Pierre-René, Du Chabalier e dois policiais da guarda nacional. Eles tinham vindo me buscar. Ouvi Murmurin pedir para não me algemarem. Aumale lia o pedido de prisão expedido pela jurisdição de Lille. Entre outras coisas, eu era acusado de não comparecer às convocações do *OFII – Office Français de L'Immagration et de L'Integration* – com meus documentos "brasileiros". O policial me olhou de cima a baixo. Foi contundente: "O senhor está detido provisoriamente para averiguações, suspeito do assassinato do livreiro Patrick Villepan". Ele caminhou na minha direção e se apresentou: "Sou tenente Renânio Arjakovsky". Ele não atendeu o pedido de Murmurin e algemou-me com toda virulência. Pé-de-cabra também havia sido detida. Haviam encontrado veneno de rato em sua bolsa. Villepan havia sido morto por envenenamento. Arjakovsky segurou meu cotovelo, levou-me em direção à viatura. Ninguém falou nada e saí dali preso e com fome.

Fomos até o carro de polícia, sentamos, eu e Paloma, lado a lado, no banco traseiro. Aumale e Murmurin se entreolhavam. Du Chabalier girava a mão sobre a bengala. Pierre-René fez de conta que não nos conhecia. E Zilda? Onde estava Zilda? E Alix? Elas deram o fora, certamente. Renâncio Arjakovsky orientou o policial que estava na direção da viatura a seguir caminho. Saímos do castelo a caminho de Paris. Perguntei ao senhor Arjakovsky se ele não poderia me conseguir um pedaço de pão. Os agentes não se mexeram. Depois de vinte quilômetros, a viatura entrou em uma estrada marginal, depois em outra, penetrou a floresta. Ouvíamos o grunhido dos corvos. O carro parou no meio do nada, os agentes desceram, olharam em volta.

Conversaram entre si, depois Arjakovsky veio até mim, abriu a porta, depois abriu as algemas. Fez o mesmo com Paloma. Comecei a coçar os pulsos. Os policiais desabotoaram a blusa do seu uniforme. Olhei aquilo e fiquei um pouco preocupado, não imaginava o que estava acontecendo, mas talvez a polícia francesa fosse igual à brasileira, queriam nos currar ali mesmo, no meio do mato. Eles mandaram que tirássemos a roupa. Fiquei inerte. Pé-de-cabra, em poucos instantes, já estava nua. Respirei fundo. Doei a mim mesmo doses de conforto e reconforto. Os policiais também já estavam pelados. Todos foram até a mala do carro, cada um tirou uma bolsa, havia roupas, puseram-se a se vestir. Jogaram para mim um saco. "Vamos, seu idiota, mexa-se", gritou de lá o falso tenente Arjakovsky, mas eu continuava parado, achava que aquela frase pertencia unicamente à minha mãe. Dentro do saco estava um blazer, uma calça, camisa, meias, cueca e sapato. Todos trocamos de roupa. Em vinte minutos, surgiu outro carro preto, desceu Uberto Stronzo, Alix e Zilda de Valois. Stronzo sorria como uma ave de rapina, com o cigarro no canto da boca. Renânio Arjakovsky era, na verdade, subordinado dele na *Préfecture* de Paris, coassistente no serviço público para adestramento de aves de rapina. Todos se abraçaram, estavam felizes, sorriam, vieram até mim para saber por que eu não me movia. Expliquei que estava com fome, e fraco. Stronzo foi até o carro, abriu sua bolsa e tirou de lá uma banana.

Mal estiquei o braço e a banana já estava em meu intestino, quase com casca e tudo. Stronzo, Zilda e meus novos amigos de Barbès vieram resgatar a mim e Pé-de-cabra. Zilda e Alix haviam dado o fora do castelo, como intuí, ao ser levado pelos falsos policiais. Rapidamente, a viatura policial se transformou em veículo comum, entramos nos carros e seguimos rumo a Paris. Na estrada, cruzamos com um carro da *Police National*, que seguia rumo ao castelo de *Hermès*. Para relaxar, perguntei ao falso Renâncio Arjakovsky quem era o seu parceiro, ao volante, o que havia fingido ser motorista da viatura, e ele me apresentou outro funcionário da *Prefecture*, também adestrador de "aves de rapina". Era português, chamava Joaquim Antonio Antunes, e havia nascido numa cidade chamada Vila Nova do Coito.

Achei que havia alguma confluência astral de bananas em meu destino. Era a terceira vez em menos de doze horas. Enquanto comia, desta vez com calma, descobri o tamanho da enrascada que tinha me metido. Agora, oficialmente, era um fugitivo. Não sabia se o resgate de Zilda e de Uberto acabaria ajudando ou atrapalhando tudo. Quando Aumale descobrisse a trama, todos seríamos duplamente punidos, fugitivos, da polícia nacional, do conglomerado *Institut France des Bibliothèques Fantastiques, Confraria Rei René.* Já não era fácil ter o *IFBF* e o *Centre de Recherches sur les Theologies Insolites,* da Sorbonne, contra nós, seríamos acusados de traidores da "causa literária francesa"; por um instante, tive o impulso de pedir para pararem o carro, queria descer e sair correndo de volta para o castelo. Explicaria tudo aos policiais e à madame Aumale. Sim, confessaria que quase havia roubado um crânio das catacumbas de Paris, que não havia envenenado Villepan, apesar dele merecer. Contudo, não demorou muito para que eu sentisse que era tarde demais. Às vezes não conseguimos explicar os enganos a tempo e o engano se transforma na versão oficial. Já não sabia mais de que complô eu fazia parte. Passei a suspeitar de todos, até mesmo de mim, da minha capacidade de discernir a saída certa. Tudo parecia agir em cadeia, me levando junto; estava perdido em alto-mar como quem navega de jangada, regido apenas pelo vento, os fluxos marinhos, subterrâneos, variados como as estações, as correntezas e as pequenas alterações atmosféricas.

Desconfiei até mesmo do meu amigo, o utopista Stronzo, que, em sua boa vontade, poderia estar às escondidas trabalhando para Aumale, talvez por ingenuidade, estivesse fomentando uma guerra de utopistas, transrealista e neo-simbolistas. Nem nos tempos do orfanato eu havia vivido tamanha incerteza. Sabia que Uberto era contra a proposta transrealista, mas por que se arriscava tanto? E Zilda? Aumale era sua diretora de pesquisa. Nada mais fazia sentido até aquele momento.

25.

De repente, vi que estávamos em Paris. Meu coração se alegrou como quem reencontra um abrigo selvagem. Entramos pela Porte de Saint Denis, atravessamos toda a cidade até a Gare de Montparnasse. Naquele instante, Uberto me passou um envelope. Dentro estava um bilhete de trem: Roma-Termini, e mil euros em notas de cinquenta. Levantei a cabeça: "O que isto significa?", quis saber. Estávamos agora em Montparnasse, de onde saem os trens para a Itália. "Você vai entender tudo depois", respondeu ele. Olhei Uberto demoradamente. Estávamos em silêncio. Zilda caminhou até próximo de nós e pediu para que, em Roma, eu lesse os jornais franceses diariamente. Por quê?, quis saber. Ela se esquivou: "Você vai entender!". A primeira coisa que passou na minha cabeça foi que, de tanto adestrar corvos, Uberto havia aprendido também a orientar seres humanos. Sobre Zilda pensei a mesma coisa. De tanto viver em Barbès, havia aprendido a sabedoria das esquinas, além de tudo, eles eram meus amigos. Uberto talvez fosse o último dos utopistas pobres vivos, não ia querer o meu mal, devia confiar nele, afinal, neste momento, era a minha única opção: dar o fora da França. Também me despedi de Pé-de-cabra, do falso Arjakovsky e de Joaquim Antonio Antunes. Havia chegado a hora de nos separarmos. Fiquei sabendo que Paloma e Alix iriam para Marseille. Zilda olhou o seu celular. Nos anunciou que um alerta havia sido disparado nas polícias de fronteiras, com minha foto e a de Paloma. Em seguida, ela me abraçou com força. Depois foi a vez de Uberto. Ele falou: "Não se esqueça que os corvos só cantam em tempo ruim". Olhou-me nos olhos. Abraçou-me novamente. Em poucos instantes, todos se foram e fiquei finalmente sozinho, corri até um restaurante da Gare e jantei o menu completo. Enquanto comia, a incerteza se abateu sobre mim, claro, e chegou na forma de um soco no estômago. Entendo que talvez fosse a fome que causasse isto. Mesmo que pouco musical, a solidão e o silêncio chegaram envolvendo-me em trinta minutos de refeição.

A melancolia caiu sobre minha cabeça como um chapéu. Ou igual a boina revolucionária, lembrando-me a marginalidade da qual agora fazia parte. Mademoiselle Quasimodo surgiu ao meu lado: "Ninguém nega o sangue, filho", consolava, "Tal mãe, tal filho... Teu destino é o meu... Nós herdamos a peste, a fome e a carestia". "Não, mãe, não pode ser assim!", objetei rispidamente, em voz alta. As pessoas do restaurante me olharam. Baixei a cabeça. Não, insistia em meu íntimo. Meu destino não seria igual ao seu, mãe... Olhei as horas, pedi a conta, peguei e fui em direção à plataforma 8 pegar o trem. Carimbei o bilhete na máquina amarela da SNCF, verifiquei a posição do vagão e o assento. Esperei ainda alguns instantes antes de entrar. Embarquei sempre olhando ao redor, identifiquei minha posição em relação às portas de saída. O clima não estava propício à descontração. Olhei minha sacola, abri-a, busquei a pasta do dossiê "Eremita em Paris", abri-a, revirei papéis, reencontrei os rabiscos de Calvino — buscava recuperar o fio perdido das leituras. Virei e revirei também minhas anotações. Na pasta também estava agora o envelope com os mil euros. De súbito, senti-me estranhamente livre e feliz. Não seria mais marionete. Por que será que Zilda e Uberto não explicaram nada?

A confusão não é algo que se afugenta facilmente. Devo ser previdente. Quando somos sacudidos e tomados pelos ventos das tempestades e as águas agitadas, percebemos que nem sempre estamos à altura dos acontecimentos. Num dia somos agentes; no outro, agências. Ora atores, ora atormentados. Onde está o meu bilhete para Roma? Ah, sim, aqui. Poucas vezes em minha vida senti-me tão feliz por estar desolado e desorientado. Vejo o interior do trem e entendo por que todas as estradas levam a Roma. Antes, os cristãos iam lá para morrer. Talvez ocorra o mesmo também para não-cristãos. Talvez eu seja perseguido por ser adepto da calvinidade. Ainda bem que tenho os manuscritos do eremita aqui comigo, podem me fazer companhia; com eles, posso me tornar invisível ou inexistente. Não sei se Aumale,

Murmurin e Pierre-René acreditaram que eu havia enviado os papéis para o Brasil. Estou confuso, sem chão, parece que fui enrodilhado na trama de uma aranha negra e não consigo me libertar. Isso só mostra que a liberdade é mesmo uma farsa. Não passa de sonho, utopia. Essa desorientação produz gosto estranho na boca. É o mesmo gosto que sentia no orfanato. Olho para os lados, onde está mesmo o meu bilhete de trem? Ah, sim, aqui. Volto aos papéis. Junto aos mil euros está uma reserva de hotel. É um registro de entrada em meu nome no Hotel Navona – Dimora Storica, na via Dei Sediari, 8. A reserva havia sido feita por Zilda e exigia para o hóspede um "quarto calmo, superior". Havia também um telefone: 390668301252.

Levanto a cabeça, vejo guardas da Polícia Nacional. Congelo dos pés à cabeça. Jamais havia sentido tamanha apreensão. O que devo fazer agora? Sair correndo? "Não faça nada, idiota", aconselhou-me Quasimodo. Os guardas passam e não me olham. Aumale já deve saber da trama de Stronzo e Zilda, claro, deve ter colocado todas as associações artísticas da Europa à nossa procura. Também serei procurado por ter tentado roubar um crânio das catacumbas. Sei bem por que não reagi ao ser acusado de assassino. Foi a vontade de esganar aquele maldito contrabandista de carne de macaco. Cometi um assassinato imaginário e ele tomara proporções realistas. Uma atitude dissimulada só pode redundar em tragédia. Sou conivente. Quando não temos domínio racional sobre as coisas e as imagens dessas coisas, somos cúmplices dos seus desdobramentos. Percebo o quanto coisas banais e mesquinhas podem redundar em outras extraordinárias. As coisas conspiram umas com as outras, nos fazendo de marionetes, fantoches de seus pequenos mundos; agem sobre nós com o imediato de seus mundos; tornamo-nos fruidores do instante-coisa que grita, ela arrasta-nos em direções diversas, a depender de seus ventos e interesses. Agimos à esquerda ou à direita, a favor ou contra nós mesmos; todos estão cheios de si, quando, no fundo, todos parecem bastante vazios. Esvaziar-se é também uma forma de se deixar tomar, preencher, justamente pela potência e a vontade da coisa, como agora, onde Roma é meu destino.

26.

Talvez fosse necessário que eu vivesse todas essas coisas para poder conhecer o maravilhoso, o pleno e o excepcional. Talvez o inferno seja o único caminho possível para o céu e oscilamos da obscuridade à vidência, participando da divindade do ventilador, da máquina de lavar, do secador de cabelo, da chave tetra, do balcão da firma, do CD arranhado, do envelope nunca entregue, da luminária, das cortinas, das sandálias, das tampas, dos papelotes de chás, estopas e alumínios. O infinito das coisas dá conta da incomensurabilidade das forças. Ah, sim, jamais esquecerei este dia. Ele foi importante para mim, inesquecível, para ser mais preciso, foi justo no exato momento que me sentei no vagão do trem e comecei a pensar nos deuses nas coisas que meu destino foi agraciado com o charme e a presença da mulher mais bonita da França, talvez mesmo da Europa, seu nome era Simonna Frissonay, ex-miss Toulon.

Ela surgiu simplesmente do nada, sentou-se na cadeira ao meu lado, cruzou as pernas e, para minha surpresa e espanto abriu "Se um viajante numa noite de inverno", de Italo Calvino, escrito em Paris, em 1979. Olhava o autor do livro e não podia acreditar. Era semelhante às contínuas aparições das bananas. Não sabia se ria ou se me sentia chocado, pois os deuses estavam demonstrando sua força secreta através do acaso. Preferi manter a concentração, respirei pausado, abri meu relatório. Coloquei fones para ouvir jazz; deixei que Simonna notasse pouco a pouco que éramos uma só alma, e que havíamos nascidos um para o outro.

Ela era um espetáculo de mulher, porte de gazela, esguia e empinada, peito grande e alto, rosto largo, rosado e forte, nariz fino, boca carnuda, cabelo ondulado e negro como betume, ombros da vênus de Milo. Decidi não forçar a barra; nada de puxar conversa, afinal, o charme deve vir sempre antes de tudo. Ela perceberia que estava ao lado de um calvinista legítimo. Minha pasta estava sobre a mesinha do trem, o título do dossiê já me denunciaria, seria a isca ou o convite: *O Eremita em Paris*. O magnetismo natural daqueles papéis atraiu o olhar de Simonna. Vi o drible curto e seco dos seus olhos. De vez em quando, ela detinha-se, sem perceber, foi capturada e, após quinze minutos, deixou de observar o dossiê e passou a me espiar. Quando os olhos, pele e ouvidos de Simonna captaram, acolheram e processaram as informações sobre o viajante que estava a seu lado, sobretudo de que se tratava de um calvinocômico, ela ergueu imediatamente a tez, lançou, no curto espaço, uma bola redondinha, toda enfeitada de furor e alegria. Fez isso com aquele semblante azul, típico das divindades pagãs. Seus olhos brilharam; ela passou a mão no cabelo, sussurrou "huumm" dividido em três escalas de Sol menor; recostou-se na poltrona, analisou-me de cima a baixo, desde os sapatos franceses até o blazer espanhol; depois de inspecionar meu perfume, Simonna voltou a ler *Se um viajante numa noite de inverno* com leve sorriso nos lábios.

A partir daquele momento, me dei conta de que o pesadelo que me acometia começara a ceder lugar para uma viagem ensolarada e estimulante. No momento em que meu cotovelo tocou sem querer o seu braço, começamos a conversar sobre Italo Calvino. Simonna Frissonay era franco-italiana, de família burguesa, era alguém que ria mais do que falava, e quando perguntei o que ela fazia da vida, respondeu: "Distribuo beleza..." e voltou a sorrir. Confirmei que era uma boa forma de levar a vida. Avançamos rapidamente nos conhecimentos um do outro; notei que, além de linda, Simonna era leitora contumaz, havia se apaixonado por Calvino e, desde então, lera quase todos os seus livros. Estava relendo agora *Se um viajante numa noite de inverno*. "Este livro foi escrito para ser relido, sabia? Não é um livro para ser lido. Apenas relido". Ela havia se tornado, com o tempo, uma leitora especializada; de modo que, quando percebeu o meu interesse, se entusiasmou: "Amo saber que leio um livro que me sabe ler". A ex-miss Toulon estava agora pródiga e falante: "Na Itália, lemos Calvino desde criança, na escola. Já li quase todos os livros dele, volumes de cartas, obras completas, contos avulsos, artigos de jornais, resenhas e, além disso, sei detalhes dos projetos fracassados, dos desenhos de colégio, das caricaturas e dos pareceres editorais".

Fui tomado de imenso espanto. Como alguém igual a Simonna seria possível? Ela amava justo o tema do meu trabalho no *Institut Fantastique*... Que coincidência!!! Achei que os astros estavam conspirando. Simonna pediu para olhar o dossiê. Entreguei. Foram apenas dez minutos até ela erguer os olhos e perguntar onde eu ficaria hospedado em Roma. Respondi: Hotel Navona – Dimora Storica, na via Dei Sediari, 8, num "quarto calmo, superior". Ela sorriu. Não disse nada. Descobri depois o motivo de sua alegria. É o que acontece quando os deuses das coisas do amor conspiram. Simonna morava ali do lado, nas vizinhanças.

— Poderíamos nos encontrar na piazza Navona. Podemos ir ao café do largo de San Eustáquio —, sugeriu. Aceitei sem pestanejar. Voltamos a falar do eremita, ela revelava seu imenso conhecimento:

— Agora entendo por que Calvino decidiu-se pelo caminho do silêncio, dos *Deuses nos Objetos*. Sim, as coisas é que nos fazem agir, possuídas com sua essência tríplice: simultaneamente natural, sexual e apocalíptica. Elas nos empurram para lá e para cá, não sabemos a ordem do mundo, nem a desordem do cosmos. Os grandes escritores nos transmitem uma abordagem da experiência. Calvino pode ser absorvido tanto em doses homeopáticas quanto em doses cavalares. É ao mesmo tempo fortificante e analgésico.

Eu ouvia e me apaixonava. Quanto sabor mediterrâneo havia em suas palavras. Demorei certo tempo até entender completamente o que ela estava dizendo. Não sabemos a ordem do mundo como não sei a ordem em que Aumale arrumou sua biblioteca, deve ser isto. Terá algo a ver com seu Neo-Simbolismo? Tudo continua embaralhado. Minha clareza não passa de registro fotográfico. Instantâneo. Imagem mínima de grande repercussão; uma paisagem, quem sabe, uma lembrança banal que contém toda a história. Sim, todas as explicações são relatos de ficção. Enquanto o trem cruza a Europa, Simonna filosofa:

"O real é o irreal em questão. O insólito é o que define a realidade." Neste momento, divergi dela: "Ou seria a transrealidade?". Agora encontrava-me longe do movimento artístico de Aumale e Murmurin, poderia especular criticamente. Naquele momento, estava mais preocupado com a realidade de cruzar a França e penetrar a Itália com papéis irregulares, passaporte falso, pois o verdadeiro ninguém sabe onde foi parar.

Ao entrar na Itália somos sempre transportados à mesma pintura e à mesma paisagem: cenários exuberantes misturados a roupas e lençóis brancos dependurados nos varais, campos de videiras, planícies e morros de onde surgem montanhas, florestas, pedaços de mar, lagos e rios, vales floridos e escarpados, e casas, sobrados, ruelas, becos em "s", fontes, prédios velhos com terraços e janelas altas, de onde despencam ramas de margaridas, damas-da-noite e gerânios plantados em latões de zinco; aqui e ali copas de trepadeiras que descem pelas faixadas das casas. Há também emaranhados de fios elétricos nos postes, gente gesticulando nas esquinas, falatório geral sobre comida, futebol, política e crise econômica. Entrar na Itália, ir até Roma, é voltar a fazer o antigo caminho dos pintores e dos poetas. Inspira em nós a necessidade de voltar à beleza.

Olho a garota. Simonna entendia de literatura, geografia, culinária, línguas e religiões. Fui abduzido imediatamente pelos seus cabelos negros; acredito que ela também se empolgou: "Não imaginei que houvesse no mundo alguém como você", disse. "Trabalhos como o seu mostram a importância da força do invisível e da fantasia." A literatura é mesmo complexa, respondi, e o mundo dos livros faz as pessoas cometerem loucuras. Neste momento ela sorriu, foi quando pude ver não só os caninos de sua arcada dentária, como a doçura rosácea de sua língua, o formato peculiar da garganta mediterrânea; vi imergir o sulco da sua saliva, boca de viço, em meio a dentes grandes e brancos. Ela abaixou a cabeça, jogou os cabelos para o lado, passou a mão no pescoço, enquanto lia meus relatórios sobre a mesinha. Fazia perguntas, queria saber: "Quem é essa tal Mme Aumale? Ela aparece a todo momento". Falei-lhe longamente da fascinante senhora, herdeira da viscondessa de Verdun, dona de biblioteca de insólitos, que eu mesmo havia visitado no dia anterior.

Expliquei à Simonna que tal biblioteca estava repleta de obras como a de Nöel Beda sobre o abade de Saint Victor, chamada *Sobre a Excelência das Tripas*. Expliquei os pormenores das pan-ças, desde os sonoros peidos do norte até os discretos puns do sul... E quanto mais eu conseguia fazer Simonna rir, tanto mais tinha a certeza de que não era gay, nem assassino, como sugeria minha mãe e madame Aumale. Agora nutria a vontade de ser coisa, quer dizer, me tornar homem-objeto nas mãos de Simon-na. Pensei que as coisas do mundo agem como a beleza, digo, são também coisas que nos envolvem, objetos-deusas, forças magnéticas, ocultas e subterrâneas, às vezes, esses objetos fazem arrastões, na maioria dos casos, mudam-se de lugar, igual a um tabuleiro, a diferença é que mais agitado e caótico, semelhante a como me encontro agora neste trem, destino Hotel Navona – Dimora Storica, via Dei Sediari, 8, rumo ao "quarto calmo, superior".

27.

Chegamos à Cidade Eterna e não nos separamos mais. Cada um largou sua mala em seus respectivos lugares e nos encontramos em seguida na piazza Navona. Fomos juntos tomar sorvete. Creio que no cruzamento das linhas do nosso destino também há um fio que faz o ser humano esquecer o tormento, a solidão e o desespero. Esqueci que a potência também tem vontade e que, de forma direta ou indireta, coisas movem outras coisas, como minha mão move a casquinha de sorvete de café; como as coisas movem Simonna em minha direção, vendo-a chupar agora as duas bolas de morango e baunilha; sinto-me feliz em ser alvo de seus interesses e de estar à deriva pela Europa. Entendo. Trata-se de um vasto círculo, conjunto múltiplo de vontades alheias e dispersas. Percebo o movimento inverso também, que começa a acontecer com ela, que não para de manejar os cabelos, cruzar as pernas; começa a fazer em dois gestos algo que poderia resolver em um. Vejo cortes sensuais desnecessários, talvez por ela jamais ter deixado de ser miss Toulon, de guardar em seu íntimo os instantes fotográficos. Para alguém como eu, viajante solitário numa tarde de primavera, adepto da calvinidade, Simonna é a leitora ideal. Seja como for, ela é, para mim, miss universo, miss Brasil de delícias escritas e orais. "Italo Calvino é meu escritor favorito", me diz enquanto chupava o sorvete. O meu também, respondo. E assim vamos nos encontrando: "Sinto imensa vontade de...", diz ela, sem concluir a frase. Respondo que também estou com vontade a todo momento.

Devo dizer que a vontade é mesmo caprichosa. Ela inicia outra frase, a vontade é igual à nossa mãe, diz Simonna, gesta dentro, subjuga, dá, tira, humilha, afaga... Além de tudo, pensei comigo, esta mulher é uma sábia. "A potência das coisas é algo terrível. Conduz para o sul e para o norte, como uma louca, retardando nossas conquistas, inflamando nosso ego com tolices e superficialidades, ocultando realidades, sobretudo a claridade das coisas, seu real estado e movimento." Ah, eu simplesmente não acreditava naquilo; aprofundava-se imediatamente em mim uma crise amorosa; era fulminado pelo raio da vestal. Fomos juntos à Estação Termini, em Roma, ela queria me levar a Florença, compramos as passagens. Quando retornamos da estação já estávamos de mãos dadas e, depois de longo e profundo dia, tomamos o ônibus 40, fomos juntos até o Hotel Navona – Dimora Storica, na via Dei Sediari, 8; no quarto, bebemos uma garrafa de Mille Secousses, ela foi para a janela, fumar. Espiava os passantes, o paredão de tijolinho vermelho aparente, da universidade Sapienza, a primeira da cidade, do século XIII. Ela perguntou: "Por que você não volta a fumar?". Dentro de mim, na cama, em silêncio, mitigava que Simonna deveria mesmo ter parte com o mau. Bastou pensar isso para que ela caminhasse em minha direção, igual uma gata manhosa, foi se aproximando, encostou-se em mim, primeiro colocou a cabeça em meu ombro, depois jogou a perna por cima da minha, em seguida me agarrou como quem abocanha sorvete de baunilha com morango. Durante as próximas oito horas, semearíamos em Roma as sementes de um amor sublime e terrível, justamente porque era feito em "quarto calmo, superior".

28.

A via Dei Sediari, onde fica o Hotel Navona – Dimora Storica, é no centro de Roma, a duzentos metros do Pantheon e a trezentos da Piazza Navona. De lá, da janela, constantemente ouvíamos o som das sanfonas, a sonoridade alta e calda do vozerio turístico. "É a falação das Eras..." poetizou Simonna, na cama, após a maratona sexual. Disso não duvido, respondi. Ouvindo Simonna, o vozerio de moradores, turistas e padres, compreendia profundamente como atuam os deuses. "Calvino morava aqui perto, há quinhentos e cinquenta metros", disse, "podíamos ir até a piazza Campo Marzio", sugeriu. Aquilo me deixou surpreso, por essa não esperava; estávamos na região do eremita. Assim como Paris, Roma também servia para escondê-lo na invisibilidade. Confessei a Simonna: me aproximar de Calvino só havia me trazido encrencas. Expliquei-lhe todo o caso, quase como uma criança dengosa, medrosa, de maneira retórica. Minha vontade era esquecer tudo e partir novamente para cima de Simonna com furor e alegria. Devia seguir a vontade do sol que brilhava lá fora. Nem precisei me esforçar para isso. Quando ela me ouviu voltar a falar do "livro desaparecido" do eremita, *Os deuses nos objetos,* ficou ouriçada, se arrepiou toda, jogou novamente a perna sobre a minha, me envolveu com sua boca, como quem chupa um sorvete.

Devo dizer que sempre agradecerei a Italo Calvino por aqueles arroubos e arrepios que Simonna provocava em mim. Também agradecerei pelos inesquecíveis toques que vieram em seguida, sortidos de massagens, cutucadas, arranhões e mordidinhas. Acionei em meu interior um código particular de barras; posso delinear a textura da pele de Simonna em detalhes, desde o que ela esconde atrás das pernas dos sofás e das cadeiras, essas, com encostos altos, até quando ela se abaixa e se banha demoradamente nas fontes da floresta. Ela utiliza lavandas de alecrim, fragrâncias de bergamota e alfazema; sei que usa esfoliadores de pedras vulcânicas, unguentos feitos de abacate, pós de papiros do Nilo; sim, agora sei quase tudo a seu respeito; suas primeiras lições de matemática na escola, os primeiros livros, as viagens de férias, as desilusões, derrotas; sim, sou capaz de abrir os seus arquivos, armários, gavetas, pastas, fotografias, vasculhar suas imagens, revirar seus verbos como se ela fosse minha *Odisseia* particular.

Sim, devo estar doente de amor. Bastou um gesto de Simonna para que eu ficasse preso na paixão e na vontade, querendo fugir desesperadamente da solidão, sair de dentro da loucura e do medo; fugir da tristeza, no fundo, era o medo de não ter o amor de uma mulher, que eu traduzia como carência e a necessidade de ter sempre uma imagem feminina por perto.

29.

Infelizmente, este amor não podia ter dado mesmo certo. A paixão amorosa é o rito de possessão em um mundo sem deus. Em algumas semanas, Simonna passava mais tempo na companhia dos manuscritos de Calvino do que na minha. Na verdade, nossa história durou o tempo dela ficar obsessiva com aqueles papéis; sumiu no meio da multidão, ao voltarmos à França, na Gare de Montparnasse, levando consigo *Os Deuses nos Objetos* e o meu coração. Entendo agora que ela devia trabalhar para o *IFBF* ou para a *Confraria,* talvez para o *Centre de Recherches Interdisciplinaire sur les Théologies Insolites*, ou para outra associação de livros antigos e raros. "Sempre tonto, né?", repetiu Quasimodo. A beleza de Simonna me iludiu, mãe. Fiquei na esperança de compartilhar a beleza do amor pela literatura, tudo unido em um ser divino. Simonna me fez entender os vestígios do encantado e do metafísico. O desaparecimento dos manuscritos só fez renascer dentro de mim o valor da invisibilidade; talvez tenha entendido finalmente que o amor, assim como as coisas, têm uma dimensão natural, uma sexual e outra apocalíptica. Essas dimensões são facilmente reconhecíveis em qualquer objeto, mas sobretudo nas mulheres impactantes. As coisas que me cativam são todas elas femininas, bonitas ou não, me cativam por sua proximidade e distância; atraem, são simpáticas como a água e agradáveis como os ventos temperados; quando querem, são ventanias, temporais, tempestades, desertos, pesadelos, praias ensolaradas; nunca sabemos ao certo se diurnos ou noturnos; produzem ondas e microrreações atmosféricas no ambiente e na vida dos outros. Todos os objetos e todas as coisas disponíveis neste mundo estão ligadas a estas dimensões. Somos, como sou agora, envolvidos por seres-Quasimodos, Aumales, Simonnas, Alixs, Palomas, Zildas, circundados por objetos-livros, coleções, bibliotecas, seres *Hermès* e Afrodites, com seus indícios circulares de presença afirmativa e atroz; cada objeto do mundo costura sua contraparte sexual, mitológica e natural.

30.

Simonna me ajudou a entender como o eremita viu os deuses nos objetos. Calvino os descobriu escondidos nas metáforas e nos símbolos, seres mercuriais, discretos, sonâmbulos, silenciosos, comandantes universais dos sentidos e de nossos gestos e movimentos. Eles assumem as formas de lembranças, livros, poltronas, da cidade de Roma e de Paris; estão além dos trilhos do trem, ocultos nos intervalos, no mundo e no infinito, se revelam pelo meio das formas vazias; coisas que não deixam nunca de se mostrarem "coisas"; vazias ou não, os objetos visíveis e os invisíveis igualam-se como dimensões da mesma causa. E tudo isto é sufocante, pois não nos deixam em paz um só instante; agem com sua presença, suas histórias catastróficas e seu imenso poder sedutor. Investem sobre o nosso corpo com suas pequeninas mãos; querem nos agarrar. Desconfio que as coisas possuem cordões umbilicais que nos ligam a elas por fios secretos; ficam a nos atrair, chamar, exigindo atenção. O eremita se opunha ao materialismo teocrático a que estamos submetidos hoje em dia. A ira dos deuses travestiu-se no domínio absoluto das coisas.

A prova disso está no fato do ser humano estar tão apegado a elas. Veja, qualquer objeto que surge à nossa frente e diz "psiu, ei", logo ouvimos sua voz, atendemos sua convocação, somos atraídos, puxados pela lei da gravidade da coisa. É inevitável não nos envolvermos, por isso mesmo, as coisas foram dominadas pelos deuses, para que, nesta presença, elas nos dominem. Refiro-me aos deuses das lendas, das fábulas, das narrativas, das histórias e dos mitos; refiro-me também aos deuses do sexo, eles estão em tudo. O eremita via os deuses no semáforo, na agenda, no gelo, na bomba, no dormitório, no cinzeiro, na caneta esferográfica, nas máquinas de escrever, nos bolsos, nas bolsas, nos óculos, nas fotos, nas esteiras rolantes, no telefone, os deuses não nos deixam em paz um só minuto. Sim, eles estão em conflito e em contato uns com os outros e nos enredam nesta trama; nos metem em suas guerras particulares, trombando uns nos outros, guerreando, desvendando, orbitando ou descrevendo tangentes e curvas no espaço, pois são bi e tridimensionais; ocupam-nos a todo instante, fazendo-nos de fantoches, giram sobre nosso próprio eixo; no fundo, nos fazem ir do chuveiro ao fogão sem que saibamos. O eremita conhecia os objetos, sabia que eles nos põem para dançar, correr daqui para lá; inventam tai chi no chão; arrastam nossos pés nesta ou naquela direção. As coisas também nos fazem tropeçar aqui e ali, eu sei, os deuses despiram-se de suas realezas infinitas para habitar o infinito do aparentemente banal que ainda não conhecemos, as coisas ordinárias, infinitamente coisas à toa.

Os deuses preferiram ficar ocultos, para serem servidos às escondidas, cultuados de outra forma; migraram para dentro dos objetos líquidos e misturaram-se aos cremes, shampoos, condicionadores, pastas, perfumes, bebidas tônicas e ao álcool ingerido em profusão dionisíaca. Outros deuses foram para as coisas gasosas, como o aparelho de ar condicionado, os vapores dos escapamentos, os botijões, as névoas das montanhas, a respiração do asmático, a fumaça da chaminé e os gases estomacais. Outros se abrigaram no fogo, plantados dentro de isqueiros, nas brasas, nos fogões caseiros, nas fornalhas das pizzarias e nas padarias, ou no calor do sol, debaixo dos edredons, na febre do meio dia, no pulôver que aquece do frio. Outros se esconderam em anéis, blusas, saias, sapatos, chaves, tapetes, jardins, varandas; nas samambaias, jiboias, ervas daninhas e árvores centenárias; e também nos portões de ferro dos cemitérios; nas ruas, calçadas, estradas; nos pontos de ônibus; nos vidros dos prédios e nas borracharias; no barulho e no movimento que atiça outro movimento; todos indo e vindo em seu eterno bate e volta. Sim, está claro que o mundo das coisas é um ir-e-vir eterno, de algum lugar para outro posto, nesta ou naquela direção, chocam-se na outra margem, no trajeto; certamente, a coisa rebate, reboteia, tromba, cai, esfrega e rala, como se sua essência fosse sempre o ricochete e a queda.

Os tormentos da matéria, a graça e o grito decorrente disto faz com que a coisa agite e sacuda o ser humano. Basta olhar qualquer um e ver a sua inquietude. Ali estará a coisa a desassossegá-lo. Sim, as coisas adoram nos ver agitados; por vezes chegam a nos paralisar, deixando-nos perdidos, jogados feito panfletos publicitários, vestígios de insignificância. Os deuses se impregnam também nas máquinas, nas pedras, nos mármores e ficam ali, por milhares e milhares de anos, séculos até, mais tempo do que Matusalém seria capaz de calcular. Estão nas colunas e nos arcos, nos entralhes e relevos, nas cavidades e protuberâncias, indo e vindo das encostas das montanhas, nos Alpes, nos tronos esculpidos na pedra de basalto; estão nas bases sobre as quais se erguem as basílicas, os altares, os domos e as civilizações. As pedras, colocadas umas sobre as outras, formam andares, escadas, arranha-céus, paredões, muralhas, torres e faróis, vão moldando, desenhando a parede do labirinto que nos circunda e consome. Estamos perdidos e temerosos de encontrar o objeto que irá, finalmente, nos devorar.

31

Tudo neste mundo tem sua dimensão natural, sua dimensão mitológica ou apocalíptica, chamada pelo eremita de "deriva continental" e sua simbologia sexual. Seja a imagem pontuda e entreaberta de algo, seja as fendas e as brechas, lisas ou crespas, ásperas, frias ou larvares, qualquer coisa que sobe ou que desce pelo ventre da terra, que se forme matéria, sejam os rochedos escarpados, capazes de tirar o fôlego de qualquer dama-moça, deixando-a mole; seja a figura de um livro, uma tela ou uma escultura. A maior prova de que a pedra é uma coisa com presença divina é a cidade de Roma. Enquanto caminhava com Simonna pela Cidade Eterna, via a força esculpida no mármore, que antigos reis, imperadores, embaixadores, governadores, senadores, comerciantes, escravos, ajoelharam, reverenciaram e ajudaram a divinizar. Roma é o lugar onde colunas, capitéis, vasos, frisos, balcões, arcadas, estelas, cerâmicas e murais são coisas que falam pela boca dos palácios, templos, teatros, piazzas e ruínas.

Fui com Simonna ver uma exposição que dizia ter surgido, entre os séculos II e III depois de Cristo, ou entre o imperador Cômodo e o imperador Diocleciano, o sentimento da angústia. Segundo a exposição, foi nesta época que o fim dos deuses pagãos, ou seja, dos deuses das coisas, provocou a ascensão da ansiedade, pois havia agora apenas um deus a quem tudo pedir. Neste período ocorreriam os últimos suspiros da coisa antiga e múltipla, para ceder lugar à coisa nova e única. A tal coisa antiga se decompôs dando início à angústia propriamente dita. Ao sair da exposição, dei-me conta de que Roma também era a prova viva de que o infinito estava à mão. Não era à toa o título de "cidade eterna". Era um pedaço de terra sobre o globo que tinha conhecido todos os temperamentos. Na antiguidade, já possuía dois milhões de habitantes.

A angústia funda a metrópole. Mas o que é a pedra senão uma coisa insignificante, jogada daqui para lá — raspada quebrada sulcada — sem nenhum respeito e pedido de licença? E ainda assim as pedras vão esculpindo a cidade a seu modo. Simonna dizia que Roma era a cidade ideal para falar de assuntos banais, como receitas de spaghetti, ração para gatos ou sobre pássaros criados em cativeiro; programas da RAI, papelarias antigas etc. Naquele dia ela me contou que o hotel Navona, onde eu estava hospedado, a dois passos do Pantheon, era um lugar que concentrava turistas, escolares, moradores da região, comerciantes, pedintes, vendedores de bugigangas tecnológicas a guarda-chuvas e gente distribuindo panfletos de restaurantes. Orientou-me no sentido de fixar bem as colunas do Pantheon, o seu gigantismo: "Você não está diante de uma coluna simplesmente, mas da pedra transformada em coisa divina e infinita".

32.

Hoje em dia, qualquer lembrança de Simonna me faz tremer dos pés à cabeça; estremeço de saudade; não posso dizer se tremo de tristeza, medo ou decepção. Lembro que na terceira noite em que estávamos juntos, menti, falei que estava com frio; ela se colocou do meu lado, pôs suas mãos quentes nos meus braços, depois me pegou pelos ombros, começou a me aquecer. Aquilo colocou minhas sensações em montanha russa; fiquei igual a um lunático; deduzi que havia chegado a hora de emagrecer e aprender a cozinhar. Pedi calma a mim mesmo. Larguei os pensamentos tolos sobre a cama e me localizei no cume do bem-estar amoroso, bem ali, a alguns passos das minhas sensações.

Sim, o amor é uma espécie de esoterismo. Nele, há mais não-ditos, forças ocultas e secretas; mais falta de chão do que o contrário. Enquanto Simonna me aquecia, eu desfrutava a proximidade de seu rosto divino, do perfume e da doçura de sua voz. Ela disse que eu buscava um dos maiores tesouros literários-teológicos do século XXI, e que, em Roma, em plena "Cidade Eterna", perceberia a verdade das palavras do calvinismo revolucionário. Não entendi do que se tratava, a que ela se referia, mas isto não tinha a menor importância naquele momento. Fechei os olhos e imaginei a Cidade Eterna esplendorosa, linda, fazia sol, garotas lá fora andavam pelas calçadas com roupas sumárias; comigo ali, ao lado de Simonna, no quarto "calmo, superior", ensolarado, com cortinas que adejam, brancas, esvoaçantes, com seus vincos empoleirados nas roldanas. Simonna havia entrado pela porta, lido algumas frases de Calvino antes de começar a me beijar, depois se despiu, fizemos amor o dia inteiro, dardejados de fogo, engolfados, cabelos em desalinho, jactando-se, igual a um objeto que marcheta, bisbilhota e se enrosca no outro, com encaixes viscosos. Ficamos ali, marejados de amor, triunfando sobre a morte.

33.

Abri os olhos e lá estava ela, bem diante de mim... irresistível e nua. Percebo que havia me transformado em objeto atarantado, passivo diante de sua força. Naquele dia, depois do sexo, Simonna se afastou de mim para ler. Primeiro voltou a *Se um viajante numa noite de inverno*, depois foi folhear o dossiê *Eremita em Paris*. Foi para a janela e começou a fumar; puxou do dossiê algumas páginas que eu havia escrito. Rabiscos fastidiosos sobre diferenças entre objetos e coisas. Ela leu:

"Os objetos e as coisas vivem dentro de nós e têm vida independente. O que espanta nas coisas é sua simplicidade, estão nuas, se renovam a cada olhar, cada vez que são tocadas ou consumidas, mal posso crer que estão destinadas à insignificância e à destruição. Diferente dos objetos, as coisas morrem conosco. Todos os correlatos da palavra 'coisa' derivam de 'causa', o fundamental, algo que merece atenção. Causa é 'pragma', do latim 'res', *res publica* – coisa pública –, do alemão Sache, do verbo Suchen, cercar, palavra que não tem nada a ver com objeto físico. Uma coisa me observa, eu sei, e nela me encontro implicado na vida cotidiana. Não devo me contentar com as palavras; não bastam os significados, também não bastam as intuições, devo me voltar para as coisas. A coisa mesma." Em seguida, no canto, havia escrito: "Quero capturar seu movimento: necessito observar, aprofundar-me e perder-me no objeto a fim de exprimir-lhe sua fina essência". Simonna embaciou o semblante, ficou pensativa. Eu também mitigava. Aqueles escritos já não eram para mim apenas relatórios semanais. Havia algo de religioso nestas palavras, que Simonna percebia. Também havia bobagem misturada a falso enlevo acadêmico. Talvez fosse apenas um relatório semanal, nada demais. Ver Simonna pensativa me fez achar que não, aquilo poderia ter algo de valor literário.

Ela silenciou quase o dia inteiro. Depois quis fazer amor comigo sem dizer palavra. Isto jamais havia acontecido antes. Passados dois dias, Simonna apareceu novamente no hotel, ainda mais apaixonada. Trajava um vestido verde mostarda. Era quarta-feira e Roma estava mais linda e quente do que jamais voltou a ser. Ela se despiu sem pedir licença, me arranhou, raspou, descascou, lixou, virou e revirou-me, fustigando-me como se fosse objeto qualquer. Naquele dia, havia trazido um creme de mel, mamão e banana, untou a palma da mão com vontade e me lambuzou como quem enseba uma caçarola. Eu jamais havia me entregado assim a creme algum. Ficamos entregues um à vaselina do outro o resto do dia, movidos por enroscamentos e ajustes, e era um tal de esfrega e enfia e lambe e enrosca-desenrosca-embola-desembola-e-goza-e-grita, nas várzeas do alheio, que nossas fusões, penetrações, sensações alcançaram a quase-totalidade, o quase-nirvana, sempre-um-dentro-do-outro, semelhante às bonecas russas, soçobrando de alegria interna e externa, ao habitar o ventre da outra boneca-coisa. Me divertia como um bebê inocente e tosco.

34.

Simonna era ainda mais bela nua. Tinha cintura fina, ancas largas, pernas de Marylin, pés gregos, pequenos e delicados, que sustentavam quase 1,80 m de mulher. Nariz fino e grande, cabelo escuro sem tintura, vasto e bem cuidado; boca larga, olhos expressivos, ombros quadrados e fortes, igual às nadadoras de polo aquático; suas medidas agradavam costureiros de todas as Maison de Paris. Aliás, sua elegância kitsch era marca registrada. Só usava vestidos feitos sob medida em grifes da avenue Montaigne. Fizesse frio ou calor, os vestidos de Simonna eram costurados com fios banhados a ouro. Saí com ela pelas ruas de Roma e pude ver o seu poder. Ela fazia questão de mostrar. Também fazia questão de segurar na minha mão, enquanto, comigo, só tinha um único assunto: Italo Calvino. Voltou a dizer que os manuscritos eram o maior tesouro literário-teológico do século XXI. Não duvidei. Ela me levou para ver os quadros de Caravaggio. Passamos pela São Luis dos Franceses e vimos duas telas, chegamos à Santa Maria del Popolo, vimos três; depois tomamos sorvete, fomos pela via dei Corso, cortando-a de ponta a ponta. Atravessamos a piazza de Espanha e a Fontana de Trevi. O dia estava radiante, pegamos depois ônibus e chegamos ao Vaticano, retornamos pelo Chiostro del Bramante. Lá dentro ocorria a exposição *Love and Life*, de Marc Chagall. Pensei: isso sim era transreal... Depois, fomos ao café. Pela janela, podia-se espiar um afresco de Rafael Sanzio. Nos instalamos em um sofá confortável, Simonna pegou novamente minha mão, pôs no seu peito, sua respiração estava forte, arfava. Ela se aproximou. Encostou a cabeça no meu ombro. Estendeu a mão e pegou minha mochila, retirou novamente a minha pasta e voltou a ler Calvino. Comecei a me irritar com aquilo. Ela só queria saber, afinal, dos *Deuses nos Objetos*.

35.

No dia seguinte, fomos às catacumbas de são Calisto. Alugamos um carro e saímos pela cidade felizes e enamorados. Rodamos algum tempo, depois notei que o tanque estava quase vazio. Devia ter planejado antes, agora era tarde, tinha passado do meio-dia, quando os postos de combustíveis de Roma fecham neste horário durante os dias da semana. O ponteiro já havia chegado à reserva; paramos em um posto. Ela estava no volante. Desci do carro para executar a operação, devia primeiro ler as instruções. Confesso que minhas mãos estavam um pouco inseguras. Apertava os botões, puxava a alavanca, a serpente de borracha arqueava suas espirais retráteis, o funcionamento da bomba era simples, antes tinha de enfiar a nota de vinte euros numa gavetinha, na posição certa, de modo que um olho fotoelétrico reconhecesse o fino fio metálico que cruzava cada cédula.

A nota era engolida e uma lampadazinha acendia, devia me apressar para inserir o bico da bomba na boca do tanque, puxar o gatilho que fazia jorrar por algum tempo o líquido de benzina que corria em jatos de força um pouco intermitente. O líquido de transparência irisada escorria para dentro da barriga do automóvel. Em pouco tempo ouvia um estalo seco, o fluxo se interrompia, as lampadazinhas se apagavam, o complicado dispositivo posto em movimento, segundos antes, já estava parado e inerte, o despertar das forças telúricas que o rito de abastecer o carro tinha evocado havia durado apenas alguns instantes. Olhei para ela no volante envolvida por seus longos cabelos negros, de echarpe de cachemira. Ela levantou seu belo nariz e, virando-se em minha direção, disse: “Encha o tanque”.

Peguei uma nova nota de vinte euros e recomecei toda a operação. Desta vez, minha atenção estava toda nela, ao volante. Peguei o tubo metálico cilíndrico, enfiei no buraco do carro, acionei o gatilho que faz jorrar o líquido, despejando os litros, enquanto dentro do carro, ela começava a retocar a maquiagem. Gostaria que ela entendesse o meu gesto como um ato de amor extremo; um gesto das forças subterrâneas, de Plutão que vem dos infernos para raptar sua Proserpina, levá-la consigo, fazer mover as energias de renovação, fazer girar os ciclos sobre si mesmos. Após abastecer o carro, devolvi a bomba para a engrenagem inclinada que a segurava; fechei o tanque com a válvula, caminhei até a porta do passageiro, abri e entrei, pondo, ao sentar, a mão na perna dela, que acionou o motor, acelerou forte duas vezes e partiu dali cantando os pneus de tesão.

36.

Não é só Simonna que agora é uma ilusão. Tudo, aliás, virou fumaça: o trabalho no *IFBF,* o interesse pelas teologias insólitas, a sabedoria do eremita, até minha mãe perdeu força para a transrealidade e o neo-simbolismo de madame Aumale, e para Simonna, a leitora ideal. Simonna esteve comigo apenas algumas semanas, mas já faz parte da minha vida; ensinou-me como viajar *numa noite de inverno.* Será agora divindade a habitar uma lembrança. Recordação *vamp,* doce e deliciosa ladra de contos e manuscritos. Eu sei, às vezes, as coisas não combinam. Não sei bem qual foi o primeiro árabe a querer visitar Paris com sua família andando sobre camelos... Claro que não deu certo. É isso, às vezes, as coisas não combinam. Talvez as coisas nos contradigam em nossas certezas. Não sabemos por que elas devam ser assim e não assado; sei que elas forçam a barra diante da imobilidade de nosso pensamento; nos confrontam. A simples descrição de um papel de carta colocado sobre a mesa diante de nós pode não ter fim. Quanto mais olhamos o papel mais ele revela a sua particularidade. Cada reorientação da nossa atenção revelará um novo objeto. O traço das fibras do papel, a parte amassada, as linhas contínuas, as abas dobradas, formando pequenas orelhas, os pontos de reticências, graças ao sentido cultural e os esquemas de interesse pessoal, nos preocupamos apenas com aquilo que nos interessa. Tiramos as coisas de sua condição inexaurível e as circunscrevemos por meio das formas sugestivas: as formas de nosso idioma, das noções adquiridas, dos modelos e das projeções pessoais. A linha do objeto não imita o visível, mas o delineia. Damos às coisas um significado unívoco a fim de nos orientarmos no mundo, favorecendo a consciência teórica e prática, mas acabamos por retirar delas seus múltiplos significados, esquecendo seus valores simbólicos e afetivos. O objeto vem depois da coisa. Quero dizer que a coisa vem antes. O objeto é recente, data da idade média, foi quando surgiu a escolástica, que a palavra grega "problema" tornou-se obstáculo, aquilo que se coloca adiante. Ob-jecto. Igual a um impedimento de estrada. A coisa não é obstáculo. Ao contrário, ela está sempre junto. É parceira. A coisa me coloca em relação, é troca que me implica e na qual não tenho total controle. O objeto aprisiona. A coisa reenvia o espírito humano à sua natureza livre e selvagem.

37.

Devo desculpar-me pela melancolia? Creio que sim. Mas não é sem motivo, uma vez que o processo do meu fim foi se instaurando pouco a pouco, de forma planejada e progressiva. Não sei por que os Transrealistas ainda me deixavam viver... Na verdade, não deixam. Se me ocorre qualquer aceno da presença é para que eu veja como se transforma alguém em fantasma. O meu caso transformara-se em ato neo-simbolista para os membros do *IFBF*, sobretudo para Pierre-René, meu algoz. Como estudava "escatologia", ele passou a desejar o meu fim.

Em Roma, eu lera os jornais franceses, como Zilda havia pedido na Gare de Montparnasse. Naquele dia, não havia entendido o motivo do pedido; a princípio, não fazia sentido os silêncios da minha amiga. Agora sim, entendo. Meu nome completo, a foto do passaporte e outras informações a meu respeito foram destaques durante dois dias no *Le Figaro*, *Le Parisien* e no *Direct Matin*. A notícia divulgada era de um corpo encontrado dentro de uma mala, no Sena, cortado em oito pedaços. Acreditavam que era o meu, devido ao passaporte que estava junto às roupas. Os jornais associavam o caso à máfia das artes de Paris, Angers e Lille. A notícia dava a entender que a *vendeta* se instaurara de parte a parte. Tiravam-me por ladrão barato de rabiscos falsos e assassino do franco-maçon Patrick Villepan, livreiro e bibliófilo, membro da Legião de Honra.

Nos jornais, havia a informação de minha infância nos orfanatos do Brasil, falava também de minha mãe, mademoiselle Terralba Quasimodo, 78, internada no sanatório para doentes mentais de Arles. Terminava dizendo: "Ela deverá comparecer ao velório dos restos do filho, no cemitério de Pantin, no Seine--Saint-Denis".

38.

A notícia me deixou completamente transtornado. Finalmente poderia rever minha mãe, mesmo à distância. Ela se recusava sistematicamente a me ver. Fazia sentido que quisesse comparecer ao velório, já que eu não estaria lá.

A experiência de estar morto, devo dizer, não é igual a de estar vivo. Se o homem e a mulher padecem do fato de carregar esta carcaça, na vida cotidiana, de serem espavoridos no trabalho diário, no trânsito, nos magazines em promoção, perdidos na faina de levar e buscar as crianças na escola, na leitura das letrinhas nas embalagens dos supermercados e na eterna luta, com ranger de dentes, alguns alimentam a esperança de que, após a morte, a coisa toda será diferente e melhor

Devo dizer que não é bem assim. Depois de ler nos jornais franceses a invenção da minha morte, notei que, do lado de cá, digo, do lado dos mortos noticiados nas manchetes dos jornais, não muda nada. Tudo continua trabalhoso, embaralhado e difícil. Réquiem atávico e tartamudo. As lutas não se alteram, temos que subir e descer, as cores continuam as mesmas, a cenografia está sempre mal ensaiada, nunca perfeita; o diretor de cena não sossega nas críticas e opiniões, inclusive, ele não parece o melhor qualificado para o serviço. O iluminador e a direção geral não parecem tão seguros como se afama por aí. Pelas fotos dos jornais, não sei se viram em mim um cadáver apessoado; não sei se era parecido comigo, meu sósia, cortado em oito pedaços, tornou-se agora o meu redentor. Espero apenas que o espírito deste homem não se revolte e venha tomar satisfações. Direi a ele que também estou dividido em oito. Sua história agora está associada à minha, o que significa virar picadinho de coisa insignificante.

Isto é imperdoável. Nada justifica ter sido jogado no Sena e não simplesmente ocultado no campo ou na floresta. Quando querem ocultar um corpo na França, entregam-no aos porcos ou enterram na neve. Neste caso não, jogaram-me no Sena. E como se sabe, o Sena não é o Tietê. Quando se joga um corpo no Sena é porque estão querendo publicidade e manchetes de jornais. Alguém quer lucrar com a morte, talvez ela possa solucionar problemas. A identidade do verdadeiro assassino de Villepan, continuava, a meu ver, uma incógnita. Minha morte aparentemente resolveria tudo? Villepan, o sumiço dos manuscritos de Calvino, minha dívida com o Banco do Brasil, o Imposto de Renda e o *IPTU*, as obrigações eleitorais, tudo estaria suspenso? Após o meu enterro no cemitério de Pantin, no Seine-Saint-Denis, com alguma sorte, daqui a duzentos anos, seria levado para as Catacumbas e posto à visitação. Quem sabe, alguns jovens venham roubar meu crânio para lhes fazer companhia.

39.

Mesmo depois de minha morte e mesmo depois de ter perdido, na Gare de Montparnasse, os manuscritos do eremita, levados por Simonna, todas aquelas ideias insólitas anotadas em meus relatórios sobre os deuses nas coisas ainda me libertavam. Eram lembranças e recordações que vieram dar à praia para mostrar a força de sua existência. Da gare, lembro, fui direto a Barbès. Peguei o metrô, desci lances de escada, caminhei entre transeuntes; o trem chegou, entrei e permaneci de pé, apesar de haver lugares para sentar. Interceptei olhares, ninguém me fixou. Os franceses só se olham quando brindam com vinho. No vinho está a verdade.

Entendo como é. O metrô não é lugar de ficar se encarando de manhã cedo. No metrô estamos mais para ratos do que para seres humanos. Àquela hora da manhã, todos ainda estão com sono, acabaram de acordar, os olhos estão meio remelentos. Stronzo me contou que o metrô é uma gigantesca escola de preparação para a vida. Percebo o olhar angustiado de alguém sentado ali perto, viro a cabeça, vejo apressados, adolescentes em bando, outros leem, há pedintes, músicos, turistas, todos atingidos pelo sutil movimento dos destinos que se cruzam e não dizem "olá".

A conquista do próprio espaço requer um preço a pagar. Ele leva consigo o terrível vírus da recusa de entrar em contato com o medo e os perigos que os outros carregam. Ao parar em Chatelet, o vagão onde estou enche. Estou agora espremido em um canto. O trem é lugar selvagem, hostil, feito de placas publicitárias e gente de perfume incerto. Bulevar de ratos. Claustrofobia, opressão, sufoco, enrijecimento da nuca, empurra daqui, de lá, encochamentos, odores musculares e transpiração com tradição francesa.

A memória atinge minhas narinas. Olho meus congêneres pelo reflexo do vidro, vejo um russo, dois austríacos, quatro suecos, dois ingleses, dois argelinos, sete indianos, um índio Sioux, um pescador espanhol, um feiticeiro celta e sete franceses legítimos do Marais. O trem avança de estação em estação, fazendo nossas carnes circularem entre pessoas bizarras, sérias, com ou sem rostos, vestidas; todos os sapatos, botas, tênis e sandálias que a moda foi capaz de inventar. Alguns raros pés estão descalços; ouvimos a voz dos alto-falantes pedindo: "Please mind the gap between the train and the platform", depois, em espanhol: "Cuidado con el espacio entre el vagon y el anden". Em algumas estações a doce voz repete em francês, espanhol, japonês e alemão a litania do cuidado. Cuidado com a bolsa, com o espaço, com o estrangeiro e consigo. A necessidade de manter a desconfiança habitual é política do serviço público nacional. No trem, os contatos corporais são raros. Aqui ninguém se esfrega em público. Não imagino esposas infiéis a esta hora da manhã.

Agora entra uma velha, um homem gordo, mais estudantes, um deles magro e feio com seu casaco da GAP. O jovem ativa minha velha teoria de que, em cada vagão, há sempre um louco. O trem chega ao meu ponto, as pessoas saem, caminham rápido, sou ultrapassado por um senhor de guarda-chuva e gorro de lã; uma senhora com sacola de supermercado avança, em seguida, uma mulher, parece americana, tem cabelos ondulados e grandes seios. Carrega uma valise, subimos as escadas, eu paro, ela segue, olho para trás e imagino juntas todas as estações, linhas, trilhos, passagens, subterrâneos, fossos, corredores e plataformas que minha fantasia é capaz de desenhar. Com tal projeção consigo reconstruir a maquete do inferno. Quem planejou este lugar senão Balthasar, o demônio dos metrôs, aquele que se alimenta das moedas caídas no chão? Sobre a minha velha teoria, quase sempre termino por acreditar que o louco do vagão sou eu mesmo.

40.

Saio do inferno e vou até o meu antigo apartamento. Ainda tenho a chave. Ninguém mexeu em nada. O aluguel está atrasado. Há um bilhete da Concierge embaixo da porta. Olho a mesa de trabalho, a cadeira, as estantes. Giro o olhar sobre o apartamento e sou tomado de uma terrível lassidão, sem proporções; vou cambaleando até a cama e me deito para dormir. Adormeço profundamente. Passado algum tempo, não sei ao certo, acordo assustado. Já é noite. Sinto-me sonâmbulo. Recordo pesadelos. Minha mãe não está. Estou vivo ou morto? A morte anunciada nos jornais confunde-me; deixa-me entre-estados. Ergo-me da cama, levanto cambaleante, pego a mochila e o casaco, as chaves, desço cinco lances de escadas e saio para a rua.

Já é noite. Não sei que horas. Vejo o cruzamento do bulevar Strasbourg com o Magenta, uma das encruzilhadas mais tristes do mundo, como disse Rilke: "Paris, a cidade que está à beira da tristeza absoluta". Justamente ali, naquela esquina, no ponto da tristeza, é justo onde as lágrimas se encontram, por isso construíram uma igreja, a de São Lourêncio, um homem que foi queimado na grelha de assar carne. Dali partiram quinhentas mil crianças judias para os campos nazistas. Dali eu parto agora para algum lugar incerto. Atravesso o sinal e caminho embriagado de sono. Alguém toca o meu braço, segura-o e me olha, viro a cabeça para a esquerda, reconheço a figura esquelética de Stronzo, reencontro meu amigo de tantos anos. Sorrio de felicidade... Ele pintou a barba, ela está toda branca. Ele fala que está enfraquecido pela quantidade de piolhos que adquiriu e sai me puxando pela mão. "Os piolhos nos fazem pessoas covardes", frisou, sem explicar sua associação. Ele leva-me em direção ao metrô.

Descemos as escadas e pegamos a linha quatro rumo a Place Denfert-Rochereau; cochilo durante o percurso em seu ombro.

Sei que chegamos porque ele me agita para levantar. São poucas as pessoas nos vagões. Caminhamos com calma. Tive um sonho, conto a Stronzo que acabara de ver uma imagem em que, todos os dias, milhares de funcionários dos subterrâneos da cidade estavam a postos para abrir ou fechar a última porta do último corredor que sai às ruas. Algum funcionário fecharia as catracas, deslizaria portões sobre trilhos, desligaria sistemas de recepção de bilhetes, portas, grades, aberturas que davam acesso às escadas e tombadilhos à beira de plataformas. O sistema de monitoramento e as câmeras ganhariam agora importância. Vigiariam sistemas de penumbras. No momento em que os turnos eram trocados, chegavam funcionários munidos de lanternas, expiavam os monitores e os milhões de quilômetros quadrados, corredores pouco claros, vãos, fossas, buracos e crateras.

No sonho, via a população média de Paris que começava a se levantar. Era algo antes das oito da manhã. As coisas se embaralhavam, pois via também o frescor do dia nascendo, a alegria das flores que invadiam a cidade. A névoa se dissipava aos poucos e soprava na minha face um vento vindo não se sabia de onde. Víamos os primeiros carros de entrega e seus motoristas sem pressa. Abri os olhos. Olhei para Stronzo. Ouvi um portão ser fechado. Os alto-falantes anunciavam os últimos trens. Apressamos o passo, estava sonâmbulo. Avançamos, cruzamos o primeiro corredor, dobramos à esquerda, os caminhos se bifurcavam, viramos à direita, descemos uma escada, em qual estação estamos? Depois subimos, nada de catracas, longa caminhada, algo me diz que estamos perdidos. Voltamos à plataforma, Stronzo me arrasta para dentro do túnel. Pergunto se não é melhor voltar, "para onde?", ele responde, "tivemos todo o tempo para pensar nisto, somos típicos irresponsáveis: quando o horário de fechamento surgiu no relógio, não deveríamos ter insistido descendo as escadas, entrando na estação, não demos bola, ficamos protelando na esquina, falando dos piolhos, julgamos que o funcionário poderia ter se atrasado naquele dia, talvez o *Paris Saint Germain* estivesse jogando algum campeonato importante". O fato concreto é que algum funcionário do metrô começou a apagar as luzes e tudo foi ficando às escuras; meu coração acelerou os batimentos. Stronzo não parecia nervoso. Sabia me conduzir dentro das bifurcações e das pequenas escadas que tínhamos de subir e descer. Às vezes, caminhávamos pelos trilhos. Já faz algum tempo que me avisaram, nada de ficar preso no metrô de Paris. Disseram-me que isto se compara com uma noitada no inferno. A possibilidade de encontros com vampiros, romenos, ciganos, artistas de rua, palhaços, paulistas, além, obviamente, de vigilantes e funcionários da limpeza era verdadeira e concreta.

Estar aqui é ficar entre vãos submersos, estratos de ferro, cimento e tijolo cozido. Ouvimos um barulho forte de água. Junto vem um cheiro ocre. Uberto virou à direita, ele queria me mostrar como funcionam os esgotos. Logo me explica que a cidade possui três ou quatro níveis subterrâneos: os túneis das ruas e dos esgotos; os túneis e as vias do metrô; os túneis e as cavernas das Catacumbas, mais outros subníveis, que não localiza direito, pois eram diagonais e perpendiculares. Juntos, todas essas rotas "formavam um mapa comparável à superfície da Bélgica". "Isto que é vida de rato!", empolgou-se: "O mascote dos trabalhadores dos esgotos de Paris é um roedor. Sabe o nome que lhes deram? Realidade!". E ficou rindo, depois começou a gritar "Realidade!"... "Utopia!"... "Realidade!"... Com os gritos, depois de alguns instantes, os ratos começaram a aparecer e se agitar, vindos de todas as partes. Fiquei assustado com os poderes evocatórios de Uberto Stronzo. Foi impactante. Jamais havia me visto deste ângulo, digo, como 'rato' que ele também poderia ter atraído para perto. Também fui convocado pelos chamados da "Utopia!", da "Realidade!" e, diga-se, da "Transrealidade". Os ratos começaram a chegar. Estavam juntos, em família, na escuridão. Tratava-se, devo dizer, de uma imensidão infernal. Esta região de Paris está enfestada deles, talvez porque está escondida dos olhos e dos passantes; essas galerias ligam-se por baixo da cidade a túneis e a outras galerias, que levam até o lençol freático de Paris. Apesar de todos esses ratos, não sinto nenhuma aflição ou sensação de alerta, nenhuma ameaça indefinida, iminente, é a mensagem que recebo, que registro, entre tantos sinais de não-medo e de não-angústia, que se depositam nos subterrâneos da minha pele, e se diluem num estado animal, algo que continuo a carregar comigo, sem dele tirar nenhum proveito a não ser o não-medo e a não-angústia. Ou então é um instinto de sobrevivência que me invade, o reflexo de ratazana. Sei que estou numa fria. Sinto que os subterrâneos de Paris são lugares adequados para mim neste momento. Já deve ser madrugada lá fora, sumiram os passantes, já não há os que esperam nas plataformas, o fluxo dos vagões desapareceu, o doce som da carga dos comboios que sulcam o interior da terra não ecoa dos túneis, e desligaram as sondas que perfuram as rochas, abrindo novas estações de RER. Os operários a emparedar novas escadas, corredores, esteiras rolantes, tudo o que desenha as profundezas destes submundos está ausente. E tudo isso mostra como o inferno é capaz de coexistir com a tecnologia.

O inferno também não tem limites. Meu pé tateia enquanto caminhamos margeando trilhos, bitolas e umbrais. Sinto o cheiro de aço ainda quente. Não sei se foi o não-medo, mas comecei a anuir sobre o eremita. Calvino parecia me empurrar para a frente, me conscientizar de que a mais leve pressão que eu viesse a fazer sobre os objetos, desprenderia deles jorros de energia acumulada ao longo de minha longa jornada. Minha atenção se concentrou ainda mais no eremita. Me deixei levar pelo sabor do risco que corria. As ondas subsistentes de não-medo estiolado agora diminuem cedendo lugar a esperança de encontrar alguma saída. Apertamos o passo e tocamos os trilhos como quem aperta uma folha seca com sapatos. Stronzo agora falava menos. De vez em quando suspirava "Realidade!", "Utopia!", "Realidade!" e suspeitei que estivesse com depressão. Diminuímos a marcha. Todos estávamos cansados. Respiramos. Sabíamos que correr não iria adiantar, embora não quiséssemos ficar nos demorando ali.

Não sabia se a melhor opção era procurar um guarda da estação, afinal, o que diríamos a ele, que estávamos perdidos? O guarda não acreditaria. O metrô de Paris é bem sinalizado, pensaria que éramos ladrões, terroristas, sodomitas, satanistas, saqueadores de manuscritos, diria "Vi você nos jornais, estava cortado em oito pedaços!", "é o assassino de Patrick Villepan", repetiria isso e Stronzo gritaria "Realidade!", "Realidade!". Aquilo tudo grudaria nos meus ouvidos como brincos. Seria uma dor-para-sempre, eu sei, e devo merecer, é por isso que Stronzo, o adestrador de corvos, ninho ambulante de piolhos, era o meu Virgílio. Devíamos percorrer os infernos na companhia dos ratos. O guarda tocaria o seu apito. Acionaria outros dispositivos, ficaríamos presos, algemados, e eu, em particular, seria deportado para o Brasil. Sim, o Brasil. O Brasil aflora em mim saracoteando na escuridão, vislumbro o verde e o amarelo da luz no fim do túnel.

Enquanto não chego lá, sigo com Stronzo um percurso pelo oco da Europa, nas galerias arqueadas, tossiquentas e ultrajantes. Avançamos entre paredes sarjadas. Falo para ele se não seria melhor nos escondermos em algum lugar e esperar a noite passar. Stronzo não responde e segue adiante. Agora o não-medo começa a flertar com a não-angústia, penso que é melhor não ser descoberto. Enquanto caminhamos observo pequenas luzinhas fosforescentes acesas aqui e ali, no vácuo ou nas reentrâncias das canaletas; as lâmpadas estão amarradas diretamente aos fios. Vamos atravessando estações, dobrando corredores e túneis que se bifurcam em curvas quase concêntricas, avançamos com cuidado, não sei quanto tempo faz que caminhamos. A sensação é que descemos ainda mais. A umidade aumentou. Acho que Stronzo procurou corredores marginais, abandonados, escolheu escadas paralelas, sujas e emporcalhadas, utilizadas apenas ocasionalmente por eletricistas e oficiais da manutenção. Derivamos pelas vias que saem do centro, meus sapatos começam a ficar molhados, não tarda e minhas meias estão encharcadas.

Ouvimos um barulho, algo se move, "são os ratos", diz Uberto. Tenho a sensação de que o teto está mais baixo. Acho que entramos em alguma galeria pluvial adjacente aos túneis. O espaço se estreita, já conseguimos ouvir nossa própria respiração, estamos ofegantes, molhados, sentimos os primeiros golpes do frio, mas nada nos detém, prosseguimos e, ao virar noutra direção, talvez à esquerda, em alguma bifurcação que leva a uma parte subterrânea da place Denfert-Rochereau, temos a impressão de ouvir vozes. Paramos, nosso coração acelera. A sensação de ter oito olhos nos ataca por todos os lados, resistimos em não nos esconder; essas vozes não são dos seguranças do metrô, aposta meu amigo, não são falas oficiais, ao contrário, alguém ri, ouvimos o eco, sim, são vozes femininas; ajustamos a marcha e a rota, é hora de cautela, começamos a explorar as galerias pluviais ao longo das muradas e dos suportes por onde correm os fios, alguns decapados, coloridos, serpenteados, que só podemos enxergar devido aos filamentos tremeluzentes; às vezes ouvimos novamente as vozes femininas e o barulho dos ratos cruzando o caminho.

A água já encharcou os nossos pés. Stronzo é espirituoso: "Acho que esta mixórdia deve estar com urina de rato". Disso não tenho a menor dúvida, respondo. Toda vez que me deixo iludir pela possibilidade das saídas fáceis, dou com os burros n'água. Esta ilusão só serve para retardar meus esforços, avisar que sou capaz de simplificar o percurso, quando sei que não é bem assim, que, na maioria das vezes, tudo é complicado, difícil, o regulamento não parece ser igual para todos, eu já sabia disso antes, mas quis arriscar, agora estou aqui; foi-se o tempo em que tudo parecia fácil, o tempo em que se podia acreditar que as energias humanas estavam a serviço da felicidade e, de forma ilimitada, essas energias naturais se distribuiriam em nosso corpo. Mas, não. Agora os trens pararam de circular, as pessoas voltaram para suas casas, felizes e incertas, foram ver televisão ou ficar na internet, enquanto isso, aqui, nestes subterrâneos, outro mundo acontece, menos convidativo, um atrás do outro, em fila, como esta família de ratos, que segue à nossa frente. Eles parecem dispostos e ansiosos para chegar a algum lugar, *je ne sais pas où*, sei que estão prontos a roer o que for preciso para chegar lá. Com Stronzo sigo, sou um entre eles, farejador, aqui em baixo, nos subterrâneos de Paris, na companhia de aranhas e baratas, me dou conta que o fim dos tempos chegou para mim.

Na verdade, já estou morto, devo ter descido aos infernos, é óbvio. Tudo está explicado. Voltei ao estado fetal e uterino da terra; ctoniano: escuro, incerto, frio, sem direção, no entanto, ser zigue-zague, que rasteja e sobrevive. No meio de uma pequena encruzilhada surge o desenho de uma caveira segurando uma seta indicativa. As vozes vinham de lá, agora se avolumavam, seguimos a seta e as vozes. "Direi que estamos vivendo, simultaneamente, a ascensão, o apogeu do homem-subterrâneo e o declínio de uma sociedade civilizada", filosofou Stronzo. Concordei. Sinto-me cada vez mais abjeto, respondi. "Isto o libertará!", respondeu de volta. À medida que caminhávamos dentro dos subterrâneos, vimos uma passagem aberta por sonda rotativa; de relance, vimos as marcas das pás de ferro sulcando as entranhas das rochas sedimentares. Aproveitei esta imagem e comecei a fazer um balanço da nossa situação. Seguimos a seta da caveira, as vozes femininas e os ratos à nossa frente. Será que chegamos, como se costuma dizer, ao fundo do poço? Talvez eu não seja mais procurado pela polícia, pelo *OFII*, talvez as corporações de livreiros tenham me esquecido. Sonâmbulo, desaparecido, defunto, com mãe louca, perdido entre os meridianos do submundo, no meio da madrugada, quase-zumbi, somos mastigados pelos maxilares das rochas curvas, digeridos pela terra remodelada e pelas obscuras porosidades ctônicas, e eis-nos aqui integrados ao inferno primordial...

"Realidade! Absurdo! Que não me detenham os cadáveres das catacumbas!", gritava Stronzo. A esta altura ele já delirava. "Os piolhos nos tornam seres covardes", repetia. Me olhou com olhos esbugalhados e emendou: "Você compra no açougue o gênero humano?". Não sei do que você está falando, Uberto, respondi tentando manter a coerência, mas ele prosseguia em sua linguagem: "Torrismundo, tudo dá nojo! A guerra vai durar até o final dos séculos e ninguém vencerá ou perderá, tudo dá nojo!". Eis que, no meio dessa jornada psicopomba, vimos, turvado e de longe, um vulto feminino, que cruzou o nosso caminho e virou à direita. Depois o vulto desapareceu em algum túnel. Apressamos o passo. Talvez fosse uma funcionária do metrô. O que estaria fazendo a esta hora em um lugar assim? Decidimos seguir o vulto de mulher. Parecia que era o lugar mais convidativo a seguir, até porque os ratos que seguíamos também viraram na mesma direção. Como farejar o caminho certo?

Seguimos mais rápido, passamos pelos painéis em que botões coloridos destacam tubos de borrachas, que se arqueiam como serpentes. As minhas mãos manobram dentro dos bolsos das calças, busco algo que não sei exatamente o que é. Não lembro o que busco. As mãos estão habituadas à desordem e à incerteza, portanto, nada a esperar dos locais que tateio, mesmo procurando executar os gestos mais simples e indispensáveis à minha sobrevivência. Entrego-me a um estado de coisas não definido, sempre soube, em teoria, que minhas mãos não deveriam esperar outra coisa além da ausência, tal como quem tateia as primeiras brumas da manhã, a aurora ou os fantasmas. Sinto a espessura granulada e fragmentada das bolhas microscópicas do nada, presentes no bolso das calças. Sempre e de novo minhas mãos devem se virar sozinhas, não mais solicitar ajuda, nem mesmo de um fósforo ou isqueiro. Mesmo agindo apenas mecanicamente, erráticas, querendo me entreter ou distrair as mãos, e os pés também, mesmo encharcados, seguem o vulto à frente, a mulher... Na prática, minhas mãos e meus pés estão decepcionados comigo. Me acusam de não ter sido capaz de segurar Simonna. Nem ela nem os manuscritos do eremita. Não fui capaz de salvar Villepan ou o corpo que jogaram no Sena. Uma vez Simonna me confessou: "Acontece que quando uma mulher já se satisfez com todos os homens existentes, só lhe resta um homem que não existe de jeito nenhum...". Você deve procurar então o cavaleiro inexistente, retruquei, na ocasião, brincando. Mas foi o que ela fez.

Como sempre, as operações estratégicas requerem certas atenções, exigem esforço complementar, criativo, de modo que eu reconheça como me livrar de enrascadas. Isso eu nunca soube, apesar das lições de Quasimodo, aquela desgraçada. Mal tive tempo de supor o fantasma materno, e eis que vemos outro vulto feminino somar-se a mais dois ou três, que se uniram, por sua vez, a uma pequena comunidade de vultos femininos, caminhando amistosamente na mesma direção. Olho para trás, vejo que outros vultos também caminham. As vozes femininas multiplicam-se. Stronzo sorri, me abraça; sinto um relaxamento profundo, apesar dos pés molhados, não sei por que, acho que está tudo bem, tudo certo, que não há motivo para alarmes e alvoroços. Surgem novos vultos, agora masculinos e femininos, ratos e ratazanas, aranhas, cobras e baratas, cada um mais animado do que o outro. Todos espectros, sombras, seres vestidos de preto, tipicamente franceses, medianos, ligeiros e elegantes, por vezes, baixinhos, com cabelos curtos ou nos ombros, fumando cigarros preparados por eles mesmos. Seguimos a multidão de vultos, viramos à direita, descemos alguns lances de escadas, passamos por dentro de um buraco aberto na parede. Chegamos a um salão oval. Sim, eu reconheço. São as catacumbas de Paris. Estamos em seus salões cercados de tíbias, rádios, fêmur, crânios, arcadas dentárias e crânios do século dezoito. Avançamos por entre os ossos, abaixamos para atravessar outra abertura feita na parede. Alguém acendeu uma fogueira, paramos, eu aproveito e tiro os sapatos, espremo as meias; sinto ali, em mim, o despertar das forças telúricas, velas são acendidas, de um *iphone* surge um reggae. Jovens usam capas negras nas costas, outros chapéus; ao meu lado, na mesma direção, passa um rato, ninguém se agita, todos parecem integrados com os bichos. Olho ao redor; faço parte de um pequeno e seleto time dos que chegaram ao fundo do poço em Paris. Continuo observando. O lugar dos ossos é circular, vejo cadeiras e mesas improvisadas, uns jogam baralho e fumam, há lamparinas; agora entendo, trata-se de um encontro dos utopistas e anarquistas, com bebedeira e cigarros. Somos quarenta e cinco pessoas. Muita fumaça, outro grupo bebe chá fervido ali mesmo, mas a maioria bebe vodca. Eles interagem, se querem. Duas garotas começam a se beijar. Ninguém presta atenção. Passa outro rato. Olho à esquerda e reconheço um rosto, sim, é Paloma pé-de-cabra! Recordo imediatamente que faz sentido ela estar ali, afinal, é especialista em submundos. Neste momento, sou assaltado por dúvidas. O que devo fazer, me revelar, sair daqui, fugir? Já não sabia se Pé-de-cabra conspirava a favor ou contra madame Aumale. Deveria arriscar, dirigir-me até ela, que conversava animadamente com outras jovens garotas... Neste instante, o seu olhar encontrou o meu e ela sorriu. Deu um pequeno pulo, veio até mim e me abraçou, beijou o meu rosto, voltei a sentir-me vivo, não entendi, então perguntou por mim, disse que estava feliz com o meu "renascimento dos mortos". O fato de eu ter morrido, explicou, facilitava tudo, deveria encarar isso como alívio, poderia, finalmente, renascer, iria me ver livre do peso da identidade; não precisava me preocupar com nada; teria, dali em diante, vida nas sombras, poderia ter o nome que quisesse. Depois contou que Aumale havia escrito uma mensagem de texto me desligando dos Transrealistas. Eu também estava fora do *IFBF*. Na mensagem ela dizia que os contos de Calvino haviam fugido do controle. Não se devia mais falar nisso.

— E aquele corpo na mala, no rio Sena?, eu quis saber.

Pé-de-cabra me puxou pela mão, levou-me para sentar em um canto, numa cadeira dobrável. Explicou que tudo havia sido planejado por Pierre-René, com anuência dos outros diretores de pesquisa e da *Confraria Rei René*. "O corpo na mala era de Villepan", elucidou. Subornaram o coveiro e roubaram do cemitério o corpo do livreiro, após o enterro. Sua morte nada tinha a ver com livros raros e desaparecidos, apesar das organizações artísticas não suportarem mais as suas traições. "Ele foi morto pelo comércio indiscriminado de carne de macaco". E concluiu: "Essa gente do sul é selvagem!".

Depois Pé-de-cabra me ofereceu um cigarro, que aceitei. Alguém trouxe uma taça de vinho. Outro apareceu segurando uma vela negra, acesa. Uma jovem se aproximou de Paloma e capturou sua atenção. O corpo musculoso de Pé-de-cabra girou quarenta graus, ela foi falar com a jovem, e eu respirei fundo; bebi o vinho, olhei em volta, as moças, os ratos, as aranhas e as baratas se divertiam entre todos aqueles ossos humanos de guerras, fomes e pestes. Podíamos ver os bichos saírem e entrarem das cavidades entre as ossadas. Pensei que nada no mundo fica oculto, principalmente se habita o inferno. Os submundos gostam de se revelar. Meus pés agora já estavam secos. Havia chegado àquele lugar quase sonâmbulo, seguia Stronzo, bovinamente. Não fazia ideia de como tudo havia se desenrolado. Retomei o que Pé-de-cabra havia acabado de dizer. Havia sido demitido do *IFBF* por mensagem de texto. Era o óbvio. Nem estava cônscio de que me tornara membro transrealista, agora desligado do "movimento". Serei então também um ex-transrealista? Devo sumir do mapa, desaparecer sem deixar rastro, como ato poético? Se for isso, dará certo, apesar deste convescote nas catacumbas. Compreendo, finalmente. Tudo isto é "obra" de Aumale. Faço parte de seu manifesto. A leitura dos contos do eremita também irrompeu em mim com a força de uma "obra". Obra calvinocômica, de espírito fantástico. As coisas e os deuses de Calvino me despertam para a poesia e o mistério da multiplicidade: o infinito invisível está em toda a parte. Entendo a sabedoria do eremita. A aparente contradição das coisas contém, em cada peça, uma existência singular: o infinito constrói e mantém a ponte. Nem as substâncias, nem os nomes dos objetos, apenas suas relações, sempre incompletas, indicam que cada coisa possui o seu subterrâneo. O infinito possui múltiplas formas de expressão, que não podem ser medidas, nem contadas, nem isoladas. Todo o nosso conhecimento das coisas consiste em nos colocar para dentro de suas relações, para dentro do infinito. O infinito é como a noite que empurra o sol da manhã... Constante. Não se vê passar. Como agora, não vemos a madrugada passar de tão animada. Durante o convescote nas catacumbas, apareceu um brasileiro, falava alto e gesticulava com seu francês latino. Alegrou a todos pela sonoridade aberta. Ele havia trazido uma caixa com carne fresca, preparou o carvão e acendeu o fogo. Todos se alimentaram do churrasco que preparou. Logo ao amanhecer o grupo foi se dispersando, uns dormiram ali mesmo. Stronzo me reconduziu de volta ao bulevar de Magenta. Ao sair na boca do metrô, senti certo incômodo, era o risco do vampiro, a queimação do sol, mas logo mudei de humor e me senti agradável. Afinal, quem disse que os ratos também não conhecem a luz?

41.

Chegamos ao meu apartamento. Stronzo não delirava mais. Sua barba havia voltado a ficar negra e sem piolhos. Ele acendeu um cigarro, que me entregou. Depois determinou que devíamos nos separar; tínhamos que sumir da Europa. Disse que, antes de deixar Paris, buscaria os conselhos de suas amigas da rue Blondel. Explicou que na rue Blondel trabalhavam as prostitutas de idade acima dos sessenta anos, elas haviam enfrentado guerras, conflitos, ameaças e ainda estavam no serviço, todas fellinianas, com larga experiência de estradas, homens e camas: "Elas saberão me aconselhar a melhor coisa", disse Uberto, que, então, se levantou e me abraçou. "Melhor que nenhum saiba a direção do outro". Concordei. Ele saiu cabisbaixo. Entrei em profundo silêncio, fulminado e envolto pela sensação de estar dentro de um vidro opaco. Refiz a mala rapidamente. Era urgente partir da França, fugir de Paris, apesar disso, tomei longo banho, passei cremes de manga na pele e perfumes do campo; depois me vesti com calma, falando em voz alta, "Realidade!", "Absurdo!", "Utopia!". Arrumei os documentos, juntei os últimos trocados. Senti forte emoção ao deixar o Bulevar de Magenta. Era assim que tinha de ser. O ser humano é bicho escorregadio. Tranquei as duas portas pesadas atrás de mim, larguei a chave na porta da *concierge*, desci pelo minúsculo elevador; desci e virei à direita pela rue du Paradis. Virei à esquerda e peguei, em seguida, a Faubourg Saint Denis. Caminhei em direção às prostitutas orientais, sorridentes, massagistas e sábias. Uma delas, para fugir do vento frio, entrou na cabine telefônica; de lá mandou beijinhos para mim. Retribuí, mandando outros beijinhos para ela. Fiquei olhando-a dentro da cabine telefônica. Boa parte das prostitutas orientais atendem em prédios da região, de propriedades de outros orientais, que também ganham com o negócio.

"Ah, Paris, sua vagabunda ingrata", dizia Quasimodo, aquela velha louca. Ah, Quasimodo, minha mãe, devo ir encontrá-la agora, finalmente, em carne e osso, não mais um fantasma, não mais uma ausência; ah, mãe, não quero mais tua dor...

Sentei na place Les Halles para fumar. Olhei o relógio. Em algumas horas ocorreria o meu enterro. Achei que seria melhor me apressar, ir logo ao cemitério, reencontrar meu espírito e a minha mãe, esse ser-piolho... Talvez ela pudesse me ajudar a entender algo da minha própria vida. Caminhei até o metrô, peguei o trem e em poucos minutos cheguei à Saint Denis. De lá, levei mais algum tempo para chegar ao cemitério de Pantin. Coloquei óculos escuros e chapéu para não ser reconhecido. Enrolei um pulôver no pescoço; fiquei distante de onde velam os mortos. Não havia ninguém à volta do meu caixão. Dali a trinta minutos chegou o carro do sanatório público de Arles. De dentro dele saiu a velha Quasimodo, *mademoiselle* Terralba Quasimodo, minha mãe. Na hora, meu coração veio à boca. Fiquei quieto. Não tive coragem de ir até ela. 'Os piolhos nos deixam covardes'. Fazia mais de trinta anos que não a via. Pensei: não ficaria bem agora o morto aparecer ao vivo, no dia do enterro. Vejo-a de longe, lá onde sou velado. O caixão está fechado. Tenho a esperança dela espiar de longe e me ver aqui atrás desta árvore, e me reconhecer... Ah, mamãe, nada é mais definitivo para o meu renascimento do que este reencontro. Este enterro, sua presença, a falta de dinheiro e o mundo subterrâneo à minha frente, tudo mantém um velho laço de parentesco comigo. Nossa história vai se desenrolando ao longo destes cataclismos interiores, ora lentíssimos, ora inesperados, que se processaram em nossa cabeça e em nossos nervos. Olho Quasimodo no cemitério com a esperança de captar algo de positivo, que valha a pena lembrar. Ela havia envelhecido bastante. Seus cabelos estavam longos e brancos. Não sei exatamente por que, mas comecei a celebrar a leitura do eremita: todas as coisas têm sua dimensão natural, sexual e apocalíptica. As coisas ganham importância a partir do magnetismo que exercem sobre nós. São fortes e são fracas. Nos dominam sem que as percebamos, como esse encontro secreto domina agora o meu coração.

Remexo os meus bolsos novamente. Já estou quase sem dinheiro. O que farei agora? O poder filiforme do papel moeda se desvanece dentro de mim. Preciso imaginar o futuro sem franzir o cenho. Não quero futuro de propagandista, de nefelibata, pesquisador de obras apócrifas; não devo me deixar intimidar pelas teias de aranha, detritos de plásticos, gente com sacos nas costas, nem ficar atônito, mesmo que não entenda nada, mesmo que tenha vontade alucinante de escapar, não importa; talvez só para queimar esse pouco de energia que ainda me resta para concluir o ciclo, devo continuar a querer ouvir os *deuses nos objetos*, mesmo que não entenda os nexos da conversa.

42.

A cerimônia do enterro não dura mais do que alguns minutos. Levam minha mãe de volta para dentro da ambulância. Observo Quasimodo uma última vez. Volto a sentir com força a sensação de estar morto. Algo me diz que não a verei mais, nunca mais; é nosso último encontro; não há equívocos sobre isto. Observei-a bem, sim, daqui de onde estou, deste ângulo, ela pareceu não sentir nenhuma emoção diante do meu cadáver. Sequer balançou a cabeça como lagartixa, como fazia quando eu era criança, para dizer que duvidava de mim. Como sua expressão esteve congelada e fixa, é porque acreditou realmente que morri. Sim, ela acreditou. Deve estar agora aliviada, afinal, sempre fui um problema e um estorvo. Girei sobre o meu próprio corpo. A compreensão desse fato me transportou diretamente para dores antigas, lá muito guardadas, vultos sobrenaturais, emoções subterrâneas que agora vinham à tona e me faziam transbordar em lágrimas, soluços, tosses e escorrimentos nasais. Procurei me acalmar. Respirei fundo, assoei o nariz, cuspi e escarrei. Na sensação de estar morto, agora bastante desconfortável, há o enfado de ter fome, sono e sede ao mesmo tempo. Agora, nem uma banana à mão. Não fica bem para um defunto abaixar as calças, levantar a camisa, dobrar a cueca, mobilizar um conjunto de pequenas forças e impulsos, gestos pouco literários para ter que cumprir metas fisiológicas. Enfim, pensei, só morri nos jornais. E como todos são mentirosos mesmos, e como os policiais de Paris estão mais preocupados com o Sindicato e a próxima greve do que com os crimes da cidade, ninguém levará a investigação adiante. Enquanto lavo o rosto no banheiro descubro repentinamente que vou precisar de novo passaporte; sim, devo ir a Barbès; sim, lá conseguirei papéis autênticos de brasileiro.

Sim, voltarei a ser brasileiro, tenho melhor oportunidades nas

Américas, a Europa já era, o Brasil é o lugar do futuro. Aqui na França sou apenas um canibal recém-educado, brasileirinho bossa-nova. Não sei como não havia pensado nisto antes. Em Barbès, Zilda conseguirá meus documentos, vou procurá-la no bar do Sidi Rached, onde ela lê jornais e toma seu *cappuccino* todos os dias. Entrarei discretamente, talvez deva usar algum disfarce, afinal no Sidi Rached todos estão ligados na televisão, podem reconhecer meu cadáver desfigurado, sabem sempre o que está acontecendo de pior. Talvez possa me disfarçar de vendedor indiano. Ela saberá onde encontrarei um passaporte novo, bem brasileiro, também saberá como fazer para abrir uma conta no Banco do Brasil, é isso, devo voltar a ser brasileiro. Se perguntarem meu nome direi que sou Guto das Quinquilharias, acho que é um nome bem brasileiro. Gosto desse nome. Ele fará sucesso no Brasil. No fundo, combina comigo. Retrata o que venho reunindo dentro de mim. Mostra o que quero ser... Ao deixar de ser franco-brasileiro para ser somente brasileiro mostrarei aos franceses o que é a evolução da cadeia alimentar. E nada de voltar à terrinha como paulista ou potiguar. Melhor é ser mineiro ou goiano, mais adequado a meu novo nome.

Meu lado francês é assaltado por todos os lados. Sinto agora intensa vontade de protestar contra isso. Como brasileiro devo sentir vontade apenas de ficar de cócoras, na beira do rio; de vez em quando, opinar sobre o tempo, as novelas e o futebol. Devo conter o francês que mora dentro de mim. Calma. Ainda estou no cemitério, contra o que vou protestar aqui? Preciso expurgar vontades gaulesas: parar de emitir onomatopeias com a boca e ficar a tremular os lábios; parar de produzir revoltas, conspirações, revoluções, guerras; parar de assaltar o espírito da comida, dos padeiros, confeiteiros e maçons; não posso deixar minha alma ser dominada pela matemática abstrata e ranzinza. Devo reaver meus resquícios carnavalescos; supor a incerteza, não ser mar nem sertão; sim, devo buscar minha antiguidade na mais remota buchada, no distante torresmo e na enigmática tapioca. Preciso recuperar a brasilidade esquecida; nada de ceder à vontade de protestar e de reclamar como fazem os franceses; devo argumentar menos, baixar mais a cabeça; aceitar mais; devo conter a ânsia de conversação filosófica ou literária; nada de polêmica; devo ser como são os brasileiros normais, só expor amenidades.

Os brasileiros gostam de grandes sacrifícios, percorrem amplas extensões, migram, são indolentes, corajosos, bem-e-mal-educados, não se incomodam de fazer *selfies* sobre camelos e elefantes, ou comendo pastel e caldo de cana em meio a tempestade de poeira. Justamente por serem assim, livres e inconsequentes, procurarei ser como eles: não pensarei mais em Quasimodo, em Aumale ou em Simonna. Não quero me preocupar, nem devo reclamar se a fruta não é fresca, da estação, ou se a árvore caiu, atrapalhando o tráfego. Quero novos cinzeiros como amigos, para conversar. Quero estar com eles e ter a chance de também ser eremita, perto do mar; pensar o mundo a partir de certa dose de incredulidade; dissolver-me nas sensações instantâneas, no sobrepujar dos estados de ânimo; todos os dias, quero procurar *os deuses nas coisas*, na alegria e na cocada, no caldinho, no cinzeiro, no quindim e no coalho; nos infinitos cheiros, nas cores e nos rostos, quero, nem que seja por sonho, consolo ou imaginação.

EDITORAMOINHOS.COM.BR

Este livro foi composto em tipologia Adobe Caslon Pro
no papel pólen e couchê para a Editora Moinhos, em outubro de 2018,
enquanto Hermes Trismegisto tinha sua história contada por Jorge Ben.
E o Brasil lutava contra #elenão